信じ合う　支え合う

三浦綾子・光世 エッセイ集

北海道新聞社

切り絵
波佐見亜樹

もくじ

育ての親の愛

教え子のM君が、数年ぶりに千葉から訪ねて来た。M君は、千葉の某高校の教頭を務めている。

M君は、私が旭川の啓明小学校の教師をしていたころの教え子で、彼の一、二年生の時に私は彼を受持った。あれからもう四十七、八年の歳月が流れた。まだ十九か二十だった私は、M君たち五十数名の生徒たちに、一冊一冊「お手紙ノート」なる連絡帳を与え、その日その日の学校での様子を書いて、父兄に知らせたものだった。戦時中の、生活にゆとりのないころのこととて、いちいち返事をくれる父兄は少なかったが、それでも私は、ある時は一週間、ある時は十日間というふうに、学校での子供の姿を記録したのである。

今、「お手紙ノート」と名づけたこのノートの話をしても、

「そんな五十人も六十人ものノートを、よく書けたわね」

と、疑わしそうに言われることがある。ところが、このM君の母親が、その「お手紙ノート」をきちんと取って置いてくれて、数年前私の手にそのコピーが届けられたのだ。私は踊り上がって喜んだ。それはいわば、私の青春の日の証明なのだ。

喜ぶと同時に、私は改めてM君の母親に、深い敬愛の情を禁じることができなかった。M君は実の両親と死別して、縁つづきのこの育ての父母のもとにもらわれたのだ。懐しく読み返す私の目に、その母親の忘れられぬ言葉が飛びこんできた。

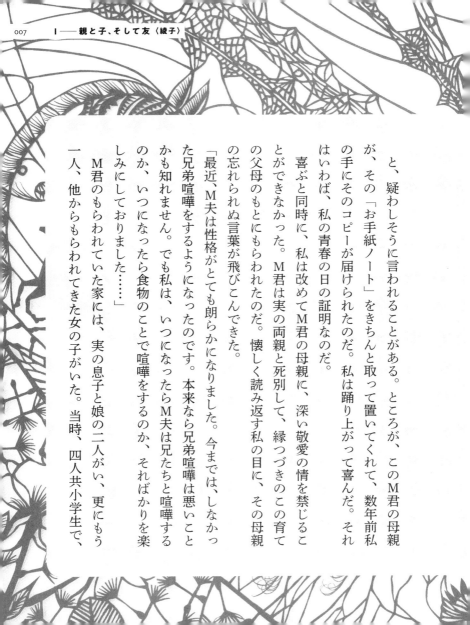

「最近、M夫は性格がとても朗らかになりました。今までは、しなかった兄弟喧嘩をするようになったのです。本来なら兄弟喧嘩は悪いことかも知れません。でも私は、いつになったらM夫は兄たちと喧嘩するのか、いつになったら食物のことで喧嘩をするのか、そればかりを楽しみにしておりました……」

M君のもらわれていた家には、実の息子と娘の二人がい、更にもう一人、他からもらわれてきた女の子がいた。当時、四人共小学生で、

M君はその中で一番年下であった。

私は四十数年前にも、この母親の、きょうだい喧嘩についての言葉に、ひどく感動したものである。鉄道員の妻として、狭い家に四人の子を育てる中で子供の喧嘩は、決してうれしい筈はない。が、この母親はそのきょうだい喧嘩を楽しみにしていたと書き、私に会った時も、

「先生、喜んでください。M夫が喧嘩するようになりました」

と、告げたのである。M君は、この母の愛情を誤りなく受取っていた。その証拠に、私はM君の次の言葉を「お手紙ノート」の中に記している。

「先生、あんないいお母さん、世界じゅうにいないよ」と。

彼は今も、育ての父母のもとに度々帰省する。真の親子でさえ、断絶がいわれるこの頃だが、M君とその育ての親との心の絆は、涙の出るほど強いのである。

（北海道新聞日曜版　一九九〇年十月七日）

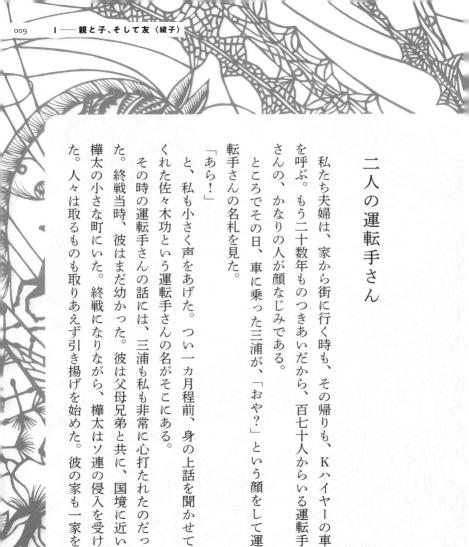

二人の運転手さん

私たち夫婦は、家から街に行く時も、その帰りも、Ｋハイヤーの車を呼ぶ。もう二十数年ものつきあいだから、百七十人からいる運転手さんの、かなりの人が顔なじみである。

ところでその日、車に乗った三浦が、「おや？」という顔をして運転手さんの名札を見た。

「あら！」

と、私も小さく声をあげた。つい一カ月程前、身の上話を聞かせてくれた佐々木功という運転手さんの名がそこにある。

その時の運転手さんの話には、三浦も私も非常に心打たれたのだった。終戦当時、彼はまだ幼かった。彼は父母兄弟と共に、国境に近い樺太の小さな町にいた。終戦になりながら、樺太はソ連の侵入を受けた。人々は取るものも取りあえず引き揚げを始めた。彼の家も一家をあげて引き揚げる筈だった。が、父親一人だけが残ることになった。父親は町内会長として、病人や老人など、町内に一人でも残っている間は、それらの人を見捨てて引き揚げることはできないと言い出したのである。

「お父さんは帰られましたか」

私たちが尋ねると、

「いいえ、別れたまま生死不明です。今生きていれば、九十を過ぎていますけど、しかしおそらく死んだでしょうね」

と彼は言った。その言葉に、私たちは胸を衝かれた。そして改めて戦争の悲惨さを思ったのである。

確か、その時の運転手さんの名前が目の前にあるのだが、顔がちがう。不審に思って聞いてみると、なんと同姓同名ということであった。

「一字もちがわぬ同姓同名では、大変ですよね。どうやって区別なさるんですか」

「はい。先に入った者がA○○、あとのがB○○ですよ」

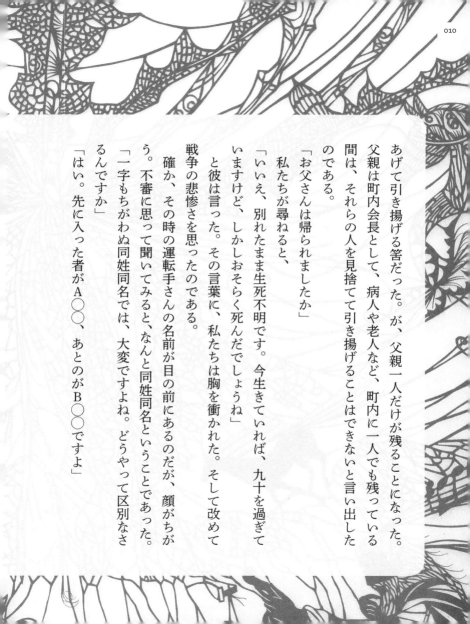

「でも、お客さんから忘れ物などの問い合わせがあったりしたら、混線するでしょうね」

「ええ。それでわたしも、ずいぶんと気をつけているんです。もしわたしが不親切だったり、不始末をしたりすると、同姓同名の同僚に、迷惑をかけることになりますからね。わたしの不注意で、評判を悪くさせたら大変です。同姓同名ということは、それだけ責任が重いということなんですね」

運転手さんは、さわやかに笑った。

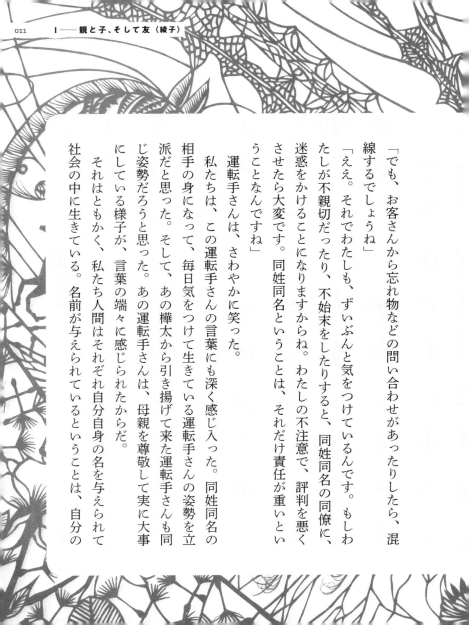

私たちは、この運転手さんの言葉にも深く感じ入った。同姓同名の相手の身になって、毎日気をつけて生きている運転手さんの姿勢を立派だと思った。そして、あの樺太から引き揚げて来た運転手さんも同じ姿勢だろうと思った。あの運転手さんは、母親を尊敬して実に大事にしている様子が、言葉の端々に感じられたからだ。

それはともかく、私たち人間はそれぞれ自分自身の名を与えられて社会の中に生きている。名前が与えられているということは、自分の思う以上に重いことなのだと、改めて教えられたことだった。

（北海道新聞日曜版　一九九一年三月三日）

親友

「あなたの少女時代の親友はどなたでしたか」

と、あるジャーナリストから尋ねられた。私は、はたと返答に詰まった。親友とはいったいどんな人を指すのだろう。そこで親しい友人たちを一人一人思い起こしてみた。この人は親友かな、と思える人が二、三いたが、そう言い切るにはどこかがちがう。

少女の頃の私は、小説を語る友だち、映画の話をする友だち、社会問題を語る友だちなど、おおよその区切りをつけていた。

つい先日、女学校時代のクラスメイトだった菅原キミさんが訪ねて来られた。この人は言ってみれば社会問題を語る人とも言えた。

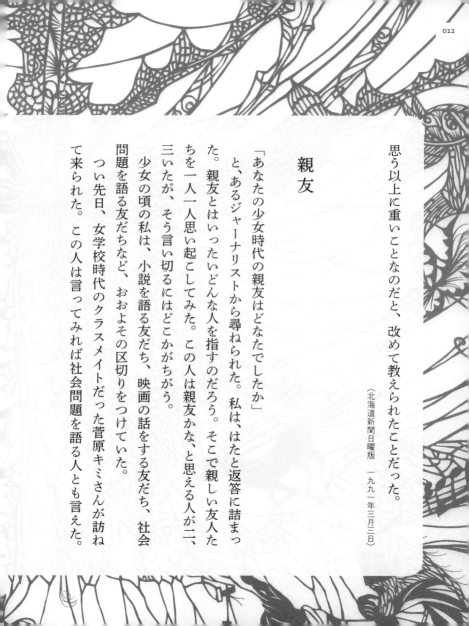

一九三七、八年、戦火が中国に広がっていた頃、私たちは実弾射撃などをやらされて軍国主義に染められていた。彼女と私はもう一人の友人渡辺良子さんを誘って、花売りや割箸売りに励んだりしていた。三人は一人八銭余りの資本を持ち寄って、まず花売りから始めた。夏休みの僅か一カ月の間に、私たちは何と十円もの大金を軍事献金として捧げることができた。

その彼女が、兵隊たちが中島遊郭に通っているのは怪《け》しからぬ、女の人たちが可哀相だと話してくれた。よくはわからぬながら、私は早速遊郭の大門の近くへ行き、彼女と二人で、

「遊郭に行くのはやめましょう！」

「遊郭に行くのはやめましょう！」

と呼びかけたものだった。更に私は彼女がキリスト教会に通っていることを知り、一度連れて行って欲しいと頼んだ。彼女は喜んで私を連れて行った。が、私の魂胆は、キリスト教会が礼拝を始める前に、きちんと宮城遥拝をしているかどうか、確かめようとするところに

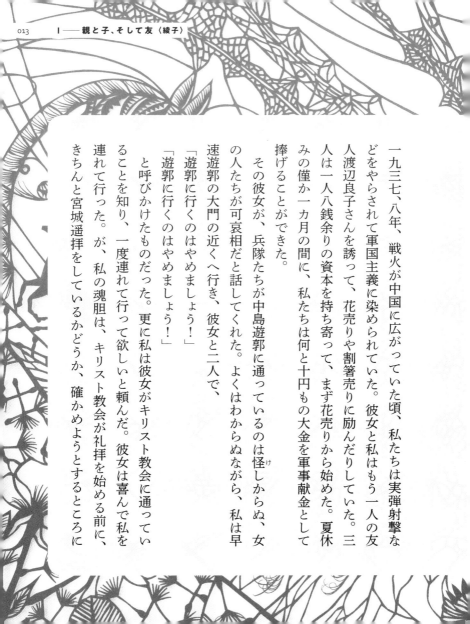

あった。これでは親友の資格失格である。

そんな私でありながら、彼女の家によく遊びに行った。夜の十一時も過ぎると、彼女は必ず私の家まで送って来てくれた。何しろその辺りは、測候所や、幽霊の出るという医院の暗い木立などがあって、真昼でも人通りの少ない所だった。彼女は父の二重回しを着、山高帽をかぶり、高下駄を履き、男のような歩き方をして、私を護衛してくれるのだった。

今考えると、彼女も私と同じく十六、七の少女だった。時折ひったくりの出没するその界隈を、夜更け一人で帰って行くのは、どんなに恐ろしかったことだろう。その恐ろしさは、何十年も過ぎた今になって、よくよく私の身に沁《し》みる。男装までして、暗い夜道を送ってくれたのだ。彼女は単に社会問題に通ずるだけの少女ではなく、

「人その友のために命を捨つ、これより大いなる愛はなし」

の聖句を思わせる少女だったのだ。

「あの時は恐ろしかったのよ」

今になって彼女は笑うが、この人もまたあまりに優れていて、「親友」などと気安く呼んでは罰が当たるような気がするのである。

（北海道新聞日曜版　一九九一年十月十三日）

幻の少年

弟鉄夫から電話がきた。

「おれなあ、小学校一年生の頃に、教会学校に通っただろう。いったい誰が教会に誘ってくれたのかなあって、時々思うんだけど……あれはエーちゃんじゃなかったかなあ」

「あっ、エーちゃん!?」

たちまち私の目に、コールテンの学生服を着た高橋少年の姿が浮かんだ。大人も子供も、彼を「エーちゃん」と呼んだ。エーちゃんは確かその頃高等科二年生であった。

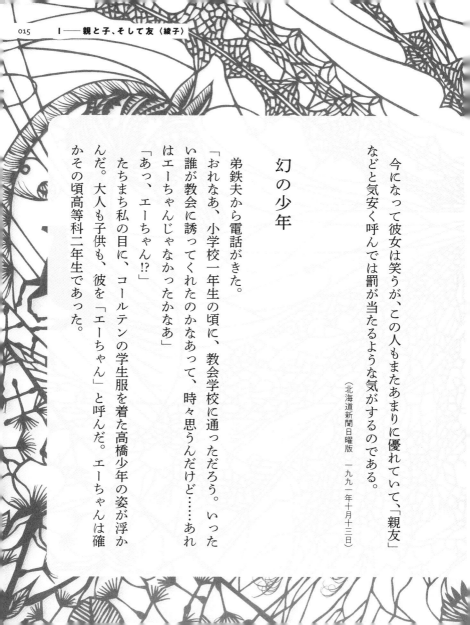

エーちゃんの姿が現われると、その辺に遊んでいた近所の子供たちは、ワッとエーちゃんの傍《そば》に集まって、二重三重に取り囲んだ。鬼ごっこをしている子も、石蹴りをしている子も、縄飛びをしている女の子も、「エーちゃーん」「エーちゃん」と飛びついていくのだ。小学校三年生だった私もその一人だった。エーちゃんは大人ほどに背が高かった。そしてその目が、何ともいえぬ優しさにあふれていた。

「ああ、あのエーちゃんねえ」

「そうだよ。あのエーちゃんなら、おれたち餓鬼共を、いともたやすく束ねて、教会につれて行くことはできたと思う」

その餓鬼という一団の中には、二十年後に窃盗の容疑者として新聞に名の出た子がいたりしたが、どんな子もエーちゃんの行く所なら、大喜びでついて行ったものだ。

エーちゃんの家には、私の印象では、父母がいなかったようだ。二十歳を幾つか超えた背のすらりとした青年が、毎朝大工道具の箱を自転車の荷台につけて出かけて行った。エーちゃんの家は、いつ行ってもきれいさっぱり片づけられていて、長火鉢と小さな茶箪笥《だんす》しかなかったように思われる。

が、このエーちゃんは映写機を持っていて、時々映画を見せてくれた。紙芝居もあった。一九三一年のあの頃、映写機のあった家といえば、私の町内では土木現業所長の家くらいではなかったろうか。

エーちゃんは夏休みに、子供たちを二キロ程離れた神楽岡にキャンプにつれて行ってくれたこともある。女の子や小さな子供は参加させなかったが、半日は仲間に入れてくれたとか。弟もいまだにそのことを覚えていて、懐しんでいる。エーちゃんはそんな時に、子供たちに泳ぎを教えたり、歌を教えてくれたようだが、今考えると、親たちはよくもまあ十四、五歳の少年にわが子を托して、キャンプに行かせたものだ。それほどにエーちゃんはみんなに信用があったというわけだ。

それにしても、まだ十代半ばのエーちゃんが、あれだけ多くの子供たちに慕われたのは、いったい何によったのか。若くして彼は、教会に通い、早くも知るべき神の愛を知っていたのだろうか。

このエーちゃんを戦時中駅で一度見かけたことがあった。が、その後を私は知らない。戦死などしていないようにと思うことが時々ある。

（北海道新聞日曜版　一九九一年十一月十日）

名医の姿

旭川市立病院長として、市民の多くに慕われていた柴田淳一先生が、三月三十一日を限りに定年退職をなさった。正直のところまことに残念である。

柴田先生は、私の夫光世の命の恩人である。結婚二年後、今から三十一年前、三浦が盲腸炎を患った時、往診を願ったのが最初であった。その日血圧四十を割って危険な状態にあった三浦を、見事に立ち上がらせてくださったのが、柴田先生である。退院の時、私たち夫婦は言った。

「先生のおかげで助かりました」

すると柴田先生は、

「いやいや、医師には病気を治す力などありません。患者さん自身の持つ治癒力を少しでも増すように、お手伝いするだけです」

と謙遜に答えられた。私はこの言葉に目を瞠《みは》った。それまで私は、医師の口からこんな言葉を聞いたことがなかったからである。目を瞠ったといえば、先生はまたこうも言われたことがある。

「わたしはね、ベッドに臥《ね》ている患者さんを見て、このベッドに上り下りするのは、さぞ辛いことだろうなあと、思うことがあるんですよ」

私は胸が熱くなった。体の弱い者、あちこちに痛みのある者の辛さを、こんなにもよくわかってくださる医師がいられたのか、と心打たれたのである。

市立病院の幾人かの若い医師から聞かされたことがあった。

「柴田先生は心臓病の権威ですが、急患や重症の患者に、徹夜で診療に当たられることがあるんです。しかしどんなに徹夜で働かれても、

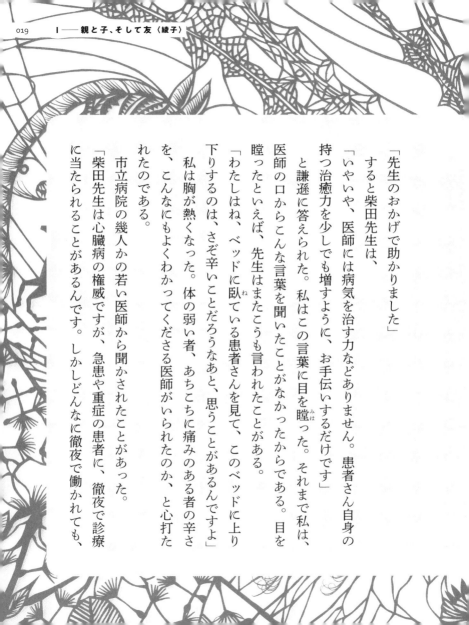

翌日はいつものとおり、さわやかな顔で患者を診《み》ておられます。ぼくは柴田先生を尊敬します」

人々は誰しも、柴田先生を頑健な体の持主と信じているようだ。戦時中海軍兵学校に入学なさり、かの特殊潜航艇に乗ったことのある先生の過去が、頑健のイメージを描かせるのであろう。が、私はある時、先生の病歴について尋ねてみた。そして驚いた。

二十代、先生は肺結核を患って療養所に入所し、その後肺炎を患い、更には白血病を疑われる重症の状態がつづいた。それが治ったかと思うと、ひどい蓄膿の手術を受け、この時何カ月か、幻覚幻聴に悩まされた。その上、軽からぬ痔の手術を受けている。また難病といわれるアトピー性皮膚炎に今も悩まされ、薬疹の出やすい体質でもある。しかも低血圧症で、八十から五十にまで下り、意識を失って倒れたこともあるとか。現在もめまいがして、壁にぶつかることもあるそうな。

かの心臓病学会で赫々《かくかく》たる名声を上げられたのも、徹夜で患者の診療に当たったのも、こんな状況を踏み越えての結果であった。ベッドの上り下りがさぞ辛かろうと思いやることのできる先生は、また病人の辛さ、焦り、不安、孤独をより知る医師でもある。

先生の第二の出発に祝福あれと、心から祈らずにはいられない。

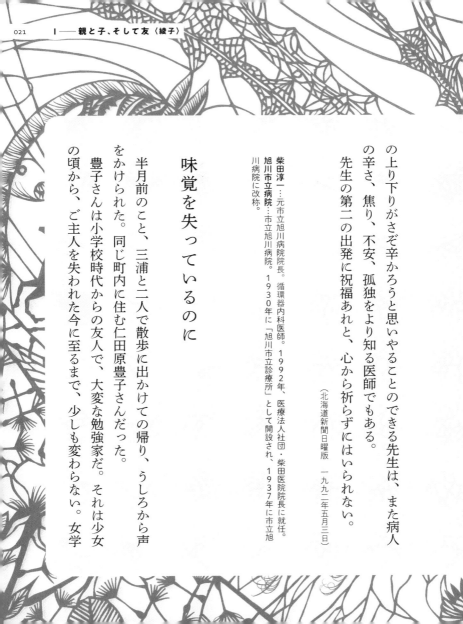

（北海道新聞日曜版　一九九二年五月三日）

柴田淳一…元市立旭川病院院長。循環器内科医師。1992年、医療法人社団・柴田医院院長に就任。
旭川市立病院…市立旭川病院。1930年に「旭川市立診療所」として開設され、1937年に市立旭川病院に改称。

味覚を失っているのに

半月前のこと、三浦と二人で散歩に出かけての帰り、うしろから声をかけられた。同じ町内に住む仁田原豊子さんだった。

豊子さんは小学校時代からの友人で、大変な勉強家だ。それは少女の頃から、ご主人を失われた今に至るまで、少しも変わらない。女学校時代は歴史が得意で、歴史について彼女の右に出る者はなかった。

いつか美容室で、彼女の読んでいた本を見て私はびっくりした。岡倉天心のものだった。散歩の途次、時折彼女の庭を見せてもらう。彼女の庭には「風知草」や「紫式部」など、心そそられる名の草木があって、私たちを楽しませてくれるのだ。

呼ばれてふり返った私に、彼女は自転車から降りながら言った。

「紫蘇《しそ》のジュース、飲んだことある？」

「紫蘇のジュース？　おいしそう。でも、わたし甘いものは……」

「そうね。お宅は白砂糖を使わないものね」

私は癌になる以前から、白砂糖を遠ざけている。彼女はそれを知っているのだ。

「それで、キザラならいいのね」

念を押すように言い、彼女は砂糖を買いに夕暮の道を遠ざかって行った。

翌日、早くも彼女はキザラ入りの紫蘇のジュースを届けてくれた。

見事な赤いジュースだった。私と三浦は深く感動した。

彼女は実は、味覚と嗅覚を失って一年以上にもなるのだ。味覚と嗅覚が失われた毎日、正に何と味けない世界であろう。刺身一つを食べるにしても、醤油をかけようがかけまいが、いっこうに味はないのだ。味噌汁も、サラダも、漬物も、魚も、肉も、何もかも、何の味もしないのだ。医師も、原因は不明というとか。

「大変ねえ！　何を食べてもつまらないでしょう」

それと知った時私は思わず言った。すると彼女は答えて、

「いえ、もう気にしないの。以前食べた味を思い出しながら、想像で食べているのよ」

と、にこにこ笑うのだった。私も、白砂糖の入ったものを人様からいただいて、家人たちがおいしそうに食べているのを見る時、「想像で食べている」とよく言うのだが、味覚も嗅覚も失った彼女とは比較にならない。

この彼女が味覚をたっぷり楽しんでいる友人たちのために、せっせ

と紫蘇の葉を摘み、よく洗い、煮て、何本もの罎《びん》に詰めている姿を思って、私は胸がしめつけられた。もし私が味覚を失ったら、他の人のために、わざわざ手作りのジュースやお菓子を作ってやろうなどと、思うであろうか。恐らく只の一度も、そんなことを思い立ちさえしないにちがいない。

私たちは早速真っ赤なジュースを飲んだ。いかにも血が浄化されそうなおいしさだった。電話で礼をいうと、

「そんなに喜んでくれるのなら、また来年作るわね」

彼女の声はいつものように朗らかだった。

（北海道新聞日曜版　一九九二年九月二十日）

岡倉天心…１８６３〜１９１３年。日本の思想家、美術行政家。『茶の本』『東洋の理想』などの著書がある。

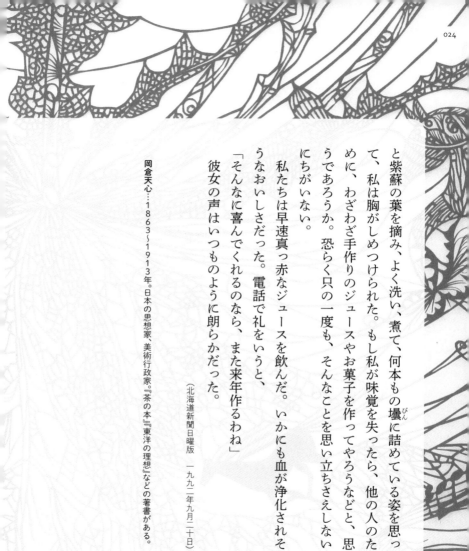

勇気ある提言

飢餓に悩む国々の実態が報道されるようになって久しい。文字どおり骨と皮ばかりになった子供たちの写真など、見る度に胸を刺される思いがする。

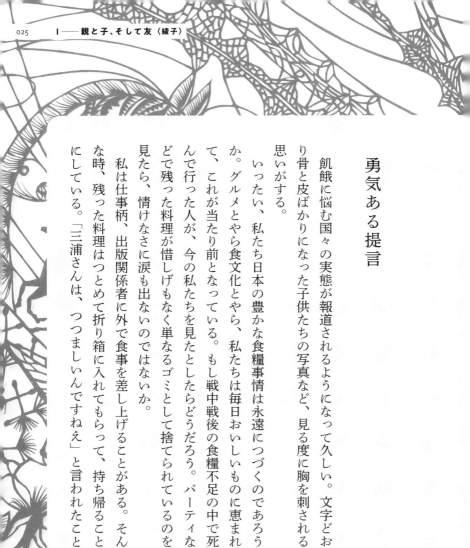

いったい、私たち日本の豊かな食糧事情は永遠につづくのであろうか。グルメとやら食文化とやら、私たちは毎日おいしいものに恵まれて、これが当たり前となっている。もし戦中戦後の食糧不足の中で死んで行った人が、今の私たちを見たとしたらどうだろう。パーティなどで残った料理が惜しげもなく単なるゴミとして捨てられているのを見たら、情けなさに涙も出ないのではないか。

私は仕事柄、出版関係者に外で食事を差し上げることがある。そんな時、残った料理はつとめて折り箱に入れてもらって、持ち帰ることにしている。「三浦さんは、つつましいんですねえ」と言われたこともあるが、何のおかずがなくても、米のご飯それだけでごちそうだった時代を経てきたことを思うと、折角の料理を捨てるには忍びないのだ。

だが、個人的な席でならともかく、パーティなどでは、自分一人だけが料理を持って帰るわけにはいかない。各テーブルを横目で見ながら、うしろめたく退席する。だから、持ち帰りの用意のしてある会食には、とても心が安まる。

ところで、このパーティの席で、「残った料理は必ず持って帰りましょう」と、声を大にして勧める方が旭川にいられる。土木建築業を経営する山川久明社長である。

氏は旭川商工会議所会頭、旭川文化団体協議会会長を始め、八十にも及ぶ役職を担っていられる実力者だ。日本人離れした大きな体、大きな声の氏は、心もまた大きいのではあるまいか。

この山川氏が、残った料理の持ち帰りを提唱されるのだ。笑顔でご自分から呼びかけることもあり、司会者を通して勧めることもある。

幾度かその場に居合わせて、その度に氏の愛と勇気に、私は感動してきた。とても私などには真似のできないことだ。

考えてみると、山川氏と雖《いえど》も、何のためらいもなく勧めていられるのではあるまい。おそらく現代日本の飽食に大きな痛みを感じ、飢餓にさらされている人々や、戦中戦後に飢えて死んだ人々への堪え難い思いが、氏をそこまで突き動かして止まないのであろう。

何れにせよ、その姿勢は尊い。このような人が、日本の各市・各町村に一人でもいたら……これは無理な願いであろうか。

（北海道新聞日曜版　一九九三年六月二十日）

山川久明（ひさあき）…1925〜2005年。新潟県出身。山川組代表取締役社長を経て、学校法人旭川大学理事長に就任。旭川商工会議所会頭、旭川文化団体協議会会長等を歴任した。

遠い日の少年郵便配達

先日、未知の男性から便りをいただいた。

「小生は敗戦後の数年間、郵便配達をしていました。配送区域内にあなたがおられました。一時期、結核療養所白雲荘にもあなたは入っておられました。本日新聞であなたのことを読み、思わずペンを執りました」

そこまで読んで私は不意に涙がこぼれた。敗戦後の数年間と言えば、私にとって生きる希望のない状況から、何とか立ち上がろうと、私なりに努力を重ね始めていた頃だった。

当時、わが家から四、五町のところに、Mという北大の医学生がいた。彼は幼馴染みだったが、彼もまた胸を病んで自宅療養をしていた。私が最も自虐的に、虚無的に過ごしていた頃、クリスチャンである彼は、そんな私を見かねて、毎日のように手紙をくれるようになったのだった。そしてある時は、一週間に二十八通もの葉書を寄せてきたこともあった。

その時の手紙の集配者から、この度思いがけなく便りをいただいたわけである。まだ少年だったその人は、来る日も来る日も手紙を配達するうちに、私の名前も、私の家の様子も、Mの名前も、彼の家庭の雰囲気も、いつしか心に焼きつけられていったにちがいない。未だに両家の住所をはっきり覚えておられた。私は言い難い懐しさに襲われた。療養所の辺りで、幾度も私とすれちがったこともあると、その便りには書かれてあった。

ところで私には、Mの手紙は正に生甲斐《いきがい》であった。命の綱であった。彼の手紙は私には欠かせぬ日々の魂の糧であった。彼が私に書いた手紙には、決して甘い言葉はなかった。

「自分自身の人生を、いい加減に生きるのは嫌いです。毎日を大事に生きてください。こう申し上げるのは、ぼくの病状から推して、自分の命がそう長くないと思うからです」

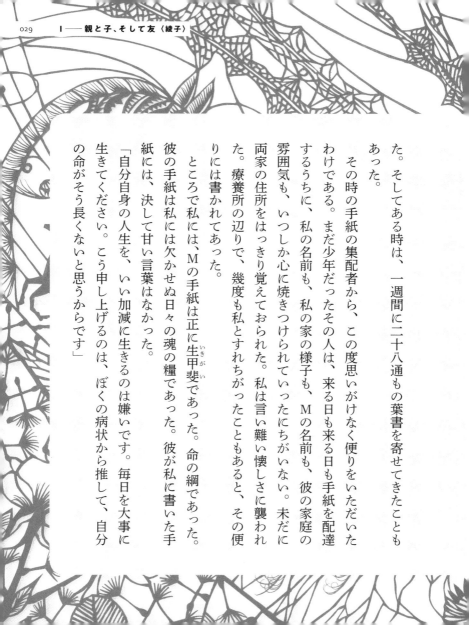

とか、

「きょうも、約束の聖書の箇所を読みましたか。〈初めに言葉ありき〉の思想は、今の綾ちゃんには分からないでしょうが、必ず分かる日がきます」

などという内容のものが大方であった。いわば彼は私の教師であり、指導者でもあった。やがてその彼は、私をあとに残し、僅か三十三歳の若さでこの世を去った。

考えてみると、その時の郵便配達の少年は、Mの真実あふれる言葉を、私に毎日届けてくれる重要な一人であったのだ。私は当時の私を思って、深い感慨に浸ったのだった。

（北海道新聞日曜版　一九九三年七月十八日）

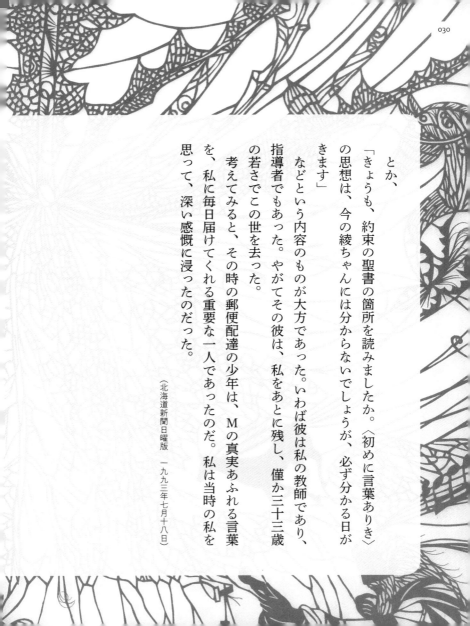

［光世エッセイ］

人生の苦難と希望

一九二七年、私の父は東京で肺結核になった。当時肺結核は死刑の宣告に等しい。うら若い妻（私の母）や幼な児を残して死なねばならぬその心境、いかばかりであっただろう。さてどこで死ぬか、父は幾日も思いめぐらしたにちがいない。やがて父は、自分の開拓地、北海道は滝上《たきのうえ》に引き揚げた。そこには父の親たち、母の親たちがいた。当時東京から滝上まで、五日はかかったと聞く。こうしてその年十一月二十八日、三十二歳を一期として世を去った。

その後十二年、母は農作業を手伝いながら私たち子供を育てようとした。が、女の細腕、それは至難であった。母は美容師になるべく札幌に出た。このため、私は母方の祖父の家に、兄と妹は父方の祖父の家に預けられた。何れも畳一枚もない貧しい開拓農の家であった。

貧しいだけならまだしも、私は五歳になった頃、リンパ腺結核（瘰癧《るいれき》）に罹った。父の結核の幼児感染である。兄と妹は感染をまぬがれ、私一人が感染した。五歳上の兄はいつも外をかけ回り、妹は母の手に抱かれていた。常時父に纏《まと》わりついていた私がもろに感染したようである。

この病気は、私の生涯に尾を引くことになる。山奥の開拓村、ろくに医者に診てもらうこともできない。腫れた首に吸出し膏を貼りつけられ、膿を出していつもぐずっていた。

それでも小学校へはふつうに上がり、六キロの道を歩いて通うことができた。とはいえ、悲しい思い出も多い。ある時、学校からの帰路、雪道を馬橇《ばそり》に乗っていた村の若者に、母を悪しざまに言われたことがあった。

「お前のオッカア、子供らを親に預けて、街さ出て、いったい何してるんだ」

これには、子供心にも胸を刺されるような痛みを感じ、何十年も許すことができなかった。

後年、兄は私のその体験を聞いて、彼は篤農家で、農を離れる者を許せなかったのだと言った。

小学校三年頃であったろうか。同級生の一人の言った言葉も忘れ得ない。

「お前、三浦だろ。どうして宍戸という家にいるのよ。お前って変な奴だな」

そんなこともあったが、成績が少しばかりよかったこともあって、同級生たちは一目置いてくれていた。四年生の時、担任の指示で教壇に立ち、童話を同級生に話して聞かせたこともある。誰もが静かに聞いていたところを見ると、おもしろかったのかもしれない。

六年生の二学期の終りであったろうか。担任教師が祖父を訪ねて来て言った。この時は辛かった。

「光世君を中学に進学させてくれませんか」

と担任は言ったのだが、それは望むべくもなかった。

「とてもとても、それは出来ない。この生活を見られたらおわかりと思うが、そんな余裕はありません」

祖父は言下に答えた。私はその夜、布団をかぶって泣いた。

(どうして父さんは早く死んだのか)

と思ったのである。中学に行くとなれば、家を離れ、寄宿舎に入り、五年間授業料を払わねばならない。そんな経済力は祖父にはなかった。さいわい、小学校の高等科に進ませてくれた。おかげで、八年の初等教育は受けることができた。

小学校を卒《お》えたあと、丸通運送社の給仕兼事務員を一年勤めたが、みんなに可愛がってもらった。その後、営林署の伐木事業所に採用され、一年後には破格の本署詰にしてもらい、希望が与えられた。当時、中学教育を受けていなければ、本署には採用されなかったので、全く特別に扱われたわけである。

しかし、本署詰になった途端、私は腎臓結核になった。札幌の北大病院に入院、右腎臓を摘出する羽目になったのである。ふつうなら到底その費用を生み出せなかったはずであるが、何とその年から共済組合制度が発足、医療費の八割が負担された。これまた大きな希望になった。昭和十六年のことである。

腎臓が一つないわけで、兵役には関係ないかと思ったが、徴兵検査で「乙種合格」になった。いつ召集令状が来るかもしれない。私は大いに感激する。そして敵前上陸の予行演習にまで参加した。何せ軍国時代、自分も天皇陛下のために命を捧げ得るかと思ったのである。

しかし、この敵前上陸の演習は祟った。後遺症の膀胱結核が次第に悪化し、戦後二年経った頃は、拷問のような苦しみを味わうことになる。正に絶望状況で、いつも家人に、自殺をほのめかしていた。

ある日、私はあまりの苦しさに、本棚から母の聖書を取りおろして開いた。四、五日経った頃、その場を兄に見つかった。兄は言った。

「おっ！　光世、お前聖書を読んでいるのか。しかし、一人ではわからんだろう。誰か牧師さんを呼んでこなければ……」

これはありがたいことであった。もし兄に否定されたら、私の命は二十代で終わっていた。聖書には宝と思われる言葉が随所にあり、希望と光を与える。一年後には教会にも行けるようになり、兄とともに受洗した。

以下、妻綾子のことにもふれておく。綾子は十六歳十一カ月で小学校教師となった。時は戦時下、日本は神国、天皇は現人神、即ち生き神様、戦争は聖戦、いかに不利になっても神風が吹いて敵を一掃するはずであった。綾子はこれらを固く信じ、生徒たちに教えていた。が、神風は吹かず、日本は敗戦を迎える。がっくり来た綾子は教壇を下りる。そして間もなく肺結核発病。「ザマを見ろ」と自嘲するが何の希望も見えてこない。入水自殺も図る。幸い助ける人もあって未遂に終わったが、いっかな光は到来しない。病気は次第に進行し、脊椎カリエスを併発、ギプスベッドに釘づけにされて、寝返りも打てぬこと四年に及ぶ。正に絶望の日々とも言えたが、綾子は絶望しなかった。発病して何年か後に、綾子もまた聖書を知ったからである。

（希望は失望に終らない）

とは聖書の言葉であるが、綾子自身、後にエッセイの中に書いている。

「人生には……もう駄目だ！　絶望だ！　と叫び出したくなることがある。が、いかなる場合にも、自分の人生を投げ出してはならない」と。

いかに学問を究めても、切りぬけ得ない苦難も人生にあるはず。真に人間に希望と力を与え得る存在は、創造主以外にはない。その創造主を示してやまない聖書は、正に「永遠のベストセラー」「世界最大の文学」といわれる。この聖書によって、永遠の希望に生き得るなら、これ以上の幸いはない。

私にとっての心の支えは聖書であったが、みなさんも、おのおの希望をもって人生を投げ出さず自らの心の支えとなるものに出逢っていただきたい。

（響音舎　雑誌「響音　Ｈｉｂｉｋｉｎｅ」創刊号　二〇〇四年四月二十日）

貧しき生い立ちと幸い

「優柔不断」という語がある。辞典には「ぐずぐずして物事の決断が鈍く、煮え切らないこと」と書かれてある。顧みて、自分の性格は正にこの優柔不断そのものといえるようだ。何事につけ迷いが多く、直ちに着手できない。

私は三歳の時、父が肺結核で世を去った。まだ三十二歳であった。父の死後、母は農家の手伝いをしながら、私たち子供を育てようとした。

父は肺結核になった時、どこで死のうかと考えたらしい。父は東京を引き揚げ、自分の開拓した滝上に帰ることにした。二十歳前に福島県から滝上に来て、割り当てられた山林に入植、三戸分の土地をひらいた。大木一本一本を鋸で伐倒したと聞いている。

住居はしばらく笹小屋であったとか。むろんストーブなどはない。囲炉裏である。時に炎が天井の笹に燃え移ると、傍のバケツの水を柄杓《ひしゃく》で汲み、投げ上げ

て消していたという。父が母といつ結婚したのか、多分この笹小屋に母も住んだのではないかと私は長く思いこんでいたが、

「はてな、おふくろは笹小屋に入ったことはないじゃないか」

と兄が私に言ったことがある。何れにせよ、大変な生活であった。

滝上といえば、今は芝桜で有名になったが、そんな日が来るとなど、父たちは夢にも思わなかったことであろう。

開拓した三戸分の土地に、間もなく父の父、即ち私の祖父一家が福島から入植、つづいて母の父一家が、やはり福島から入植した。父は父で一戸分は自分が耕していたのであろうが、山奥の村、傾斜が急であったり、石地であったり、遂に見切りをつけて、東京へ出た。

東京は目黒不動の界隈、ここで私は生まれた。一九二四年のことである。父は上京して専売公社に勤めたそうであるが、給料が安く、市電の運転手に転じた。仕事が変わって少し生活にゆとりがついたのか、自宅でよくビールを飲んでいた。

そのビールを、悪餓鬼の私はよくくねだっていた。

「うちの光世は、ビールも飲むんですよ」

と、母が来客に話をしていたことを、おぼろげながら覚えている。父はビールを好んで飲んでいたらしい。そしてタバコも吸っていた。兄が一度私に言ったことがある。

「おれたちのおやじはな、おれより不良だったな」

兄はタバコは好きだったが、アルコール類はいっさい口にしなかった。ビールを飲んだだけで不良呼ばわりされては、かなわない話と思うが、とにかく父はビールを良く飲んでいたようだ。

この父が元気であれば、私は何でも人にねだる性格が助長され、ろくな者にはならなかったにちがいない。今もろくな者ではないが、幸か不幸か、父は肺結核になった。おそらく電車の運転をしていて、感染したのであろう。

肺結核といえば、当時は死刑の宣告に等しい。さて、どこで死のうかと考えた父は、親たちのいる北海道に帰ることにした。

五歳上の私の兄、三歳の私と、乳呑み児の妹、そしてまだ三十前の私の母をつれて、滝上に帰った。滝上には父の父、母の父、即ち私の祖父たちがいた。これら親戚に子供たちを托して、死んでいこうと考えたのであろう。

東京を引き揚げたのは八月でもあったろうか。滝上に着いてしばらくは、まだ父も元気であった。好きな油絵を描いていた。そのチューリップの絵の印象が、今も私の瞼から消えない。

しかし、父はその後病状が重くなり、寝たきりとなる。こうして一九二七年十一月二十八日、三十二歳の一生を終えた。

村の人たちが家に来て、棺桶を造ってくれた。現代のように寝棺ではなく、座棺であった。あぐらか、正座の形で遺体は納められる。その父の顔を見たくて、私は母にねだった。

「見せてちょうだい、見せてちょうだい」

とくり返す私を、母は抱き上げて見せてくれた。

父の死後、前述のとおり、母は農家の手伝いをしながら、私たち子供を育てようとしたが、とりあえず子供たちを親たちに預けて、美容師になるべく札幌に出た。

このため私は、母方の祖父、宍戸吉太郎の家に住むことになり、兄と妹は、父方の祖父の三浦家に預けられた。

宍戸家も三浦家も貧しい開拓農家であった。米だけのご飯、麦一粒も入らぬ飯はそれだけでごちそう、正月か祭りの日、そしてクリスマス等、年に四、五回だけであった。

が、この貧しさが、私には幸いしたといえる。もし東京で、豊かな食事を摂りながら育ったとしたら、私の今日はなかったであろう。極道の仲間になったか、いや、そんな勇気もなく、いつも家の中にひきこもっていたにちがいない。

小学校へは五キロ余りの道、今のようにバスもなく、いつもとぼとぼと歩いて登校した。幸い、少しばかり成績がよく、四年生の時には級長にさせられた。

そんなわけで、祖父は私を大いに可愛がってくれた。が、愚図な性分は時折、家人に迷惑もかけた。ある朝、どうしても学校へ行くのがいやで、家から一歩出て、辺りをうろついていた。これを見た叔母は私を大いに叱った。叱られても素直に従わない私を、叔母は持てあまし、とうとう私を庭のサクランボの木に縛りつけた。

多分私は声を上げて泣いていたと思うが、思い出すだけでいらいらするような餓鬼であった。

この縄を解いてくれたのは、祖母のモトおばあちゃんだった。この祖母は、祖父の後添いであったが、無類にやさしい性格であった。叔父や叔母たちは、実の母よりもやさしいと、馴ついていたという。

この祖母のおかげで、私はぐれることもなく成長できたと思う。もしこの祖母がいなかったら、どうであったか。この祖母は小学校にさえ、ろくにやってもらえない生い立ちであったと聞いた。片仮名だけ少し読める程度で、平仮名はほとんど読めなかった。

祖父吉太郎は晩年中風になった。病床にどの位寝ていたことか。やがて五十九歳を一期に世を去った。あの時ほど悲しくて泣いたことはない。

祖父が死んだあと、その年の十二月、私たちと別れていた母が兄と共に住むことになった。兄は小学校を卒業してから、よく出稼ぎに出ていた。その兄のもとに母が、大阪から北海道の小頓別に来て、まもなく私も共に住むことになった。何れにせよ、貧しい生活であったが、貧しさが幸いしたことはまちがいない。

「貧しき人たちは幸いである」

聖書の言葉のとおりである。

（三浦綾子記念文学館館報「みほんりん」第十七号　二〇〇六年七月二十日）

今、求められているもの

私は小説『続氷点』の中で、ヒロイン辻口陽子にこう思わせている。

（わたしは三十年前を生きたい）と。

これはすなわち私自身の願いでもある。

人工衛星が飛び、第二のチェルノブイリに怯え、核兵器に脅かされる、そんな世の中を見ていると、私は言い様もなく不安に襲われるのだ。人間の乗物はせいぜい汽車と船、そして自転車ぐらいまででいいと思ったりする。科学には全く素人の私は、雨が降ると、この雨は体に害があるのかないのかと思い、野菜を食べる時、農薬に汚染されていないかどうかと考えたりする。何もかもが不安の対象となる。これでは体の芯まで汚染されるのではないかと思う。

「三十年前を生きたい」と書いてから、既に二十年を過ぎた。つまり私は今、五十年前を科学の限界としたいのだ。

「何もわからぬ者が、何を馬鹿なことを」

と、人は笑うかもしれないが……。

ところで、一年前こんな話を聞いた。私の敬愛するある牧師が、高校時代のクラス会に出た。その中に、工大を出、一流企業の先端技術を担っている科学者がいた。いろいろな話の中で、牧師はその人に言った。

「君たち一生懸命頑張ってくれてるけど、オゾン層の破壊だの、環境汚染の問題だの、どうなるんだろうね。でも、ぼくたちが心配しなくても、大丈夫君たち科学者が解決してくれるんだよね」

するとその友人は、大きく手をふって答えた。

「いや、もう手遅れだよ。先ず机上で実験を多くすべきだったのに、現場での実験が多過ぎたんだ。手遅れなんだ」

牧師は驚いて、

「君、そう言わずに頑張ってくれよ」

と、すがりつくように言った。が、友人は、

「いや、これからは科学の時代ではない。心の時代だよ」
と答えたという。この話を傍らで聞いていたクラスメイトの一人は、牧師に言った。彼は某大会社の営業マンだった。
「ぼくらの職場では、人間関係が目茶目茶でね、どうしようもないんだ。君。一度説教に来てくれないかな」
以上の話は、私を驚かせた。素人の私が不安がる前に、科学者が既に科学に絶望している時代なのだ。そして科学者も営業マンも共に、今は心の時代だと切実に思っているのだ。

この話を聞いた時、私がふと思い出したのは、河合隼雄氏の言葉だった。ある中学生が家庭内暴力を始めた。父親は、「欲しい物は何でも与えてある。この上何が欲しいのか」と尋ねた時、彼は、
「うちには宗教がないではないか」
と答えたという。少年たちもまた、心の飢えを訴えている時代なのであろう。

（北海道新聞日曜版　一九九〇年十一月四日）

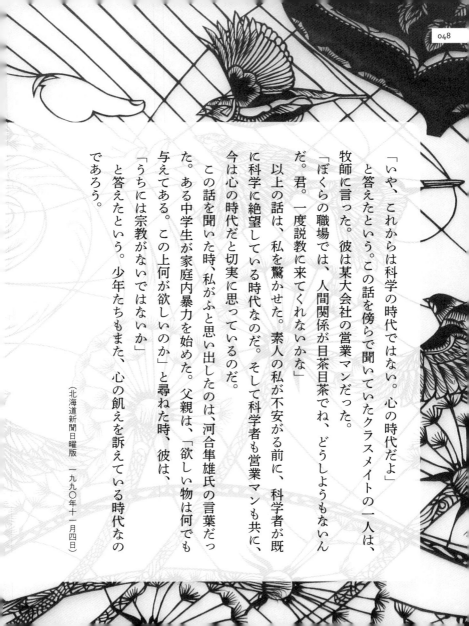

心のある家

戦時中、私は旭川の啓明小学校に勤めていた。受持った三年生の男女組の中に、樋口という優秀な男生徒がいた。輝く目が印象的だった。当時の名画『路傍の石』に出演した名子役片山明彦によく似ていた。

彼は実に個性的であった。他の生徒たちは私の膝に上がったり、運動場で一緒に遊んだりするのだが、彼はあまり私になつかなかった。

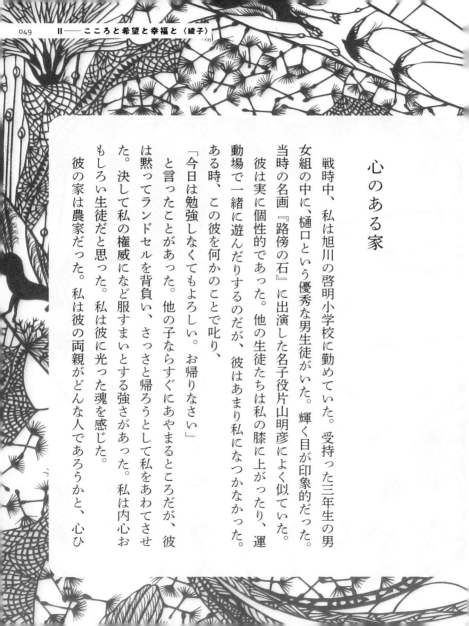

ある時、この彼を何かのことで叱り、

「今日は勉強しなくてもよろしい。お帰りなさい」

と言ったことがあった。他の子ならすぐにあやまるところだが、彼は黙ってランドセルを背負い、さっさと帰ろうとして私をあわてさせた。決して私の権威になど服すまいとする強さがあった。私は内心おもしろい生徒だと思った。私は彼に光った魂を感じた。

彼の家は農家だった。私は彼の両親がどんな人であろうかと、心ひ

そかに思いめぐらしていた。その父親が、どこかの軍需工場に徴用されて、働きに行っていたことがあった。多忙な農民を動員しなければならぬ程、戦況は逼迫していたのであろう。

その徴用先に慰問文を出すとすぐに返事が返って来た。手紙には短歌が二十首、三十首と書かれていて、私を驚かせた。しばらくして、徴用先からその父親は帰宅し、学校に挨拶に来られた。やはりそのまなざしが片山明彦に似ていた。礼儀の正しい、言葉遣いのていねいな人であった。作業服のままだが、どこか侵し難いものがあった。そのことを上司に話すと、

「ああ、樋口作太郎先生ですね。樋口先生はアララギ派の有名な歌人ですよ。仏教にも造詣の深い方でしてね」

と言った。以来今日まで（と言っても十数年前既に他界されたが）樋口作太郎氏は私の尊敬してやまない人物の一人である。

氏の歌集をひらくと、心衝かれる歌が実に多い。その二、三をここに紹介したい。

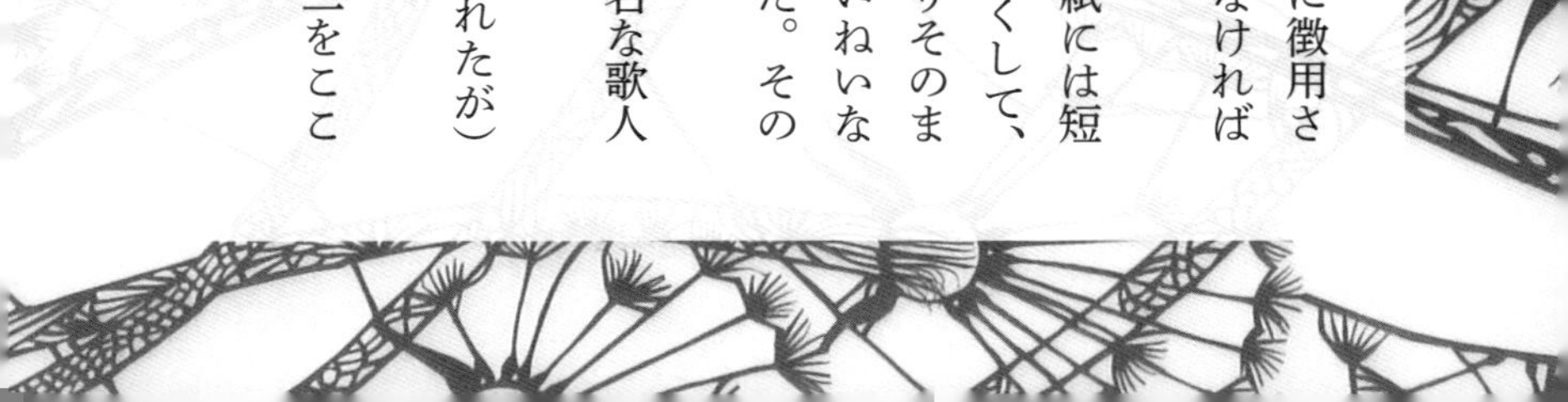

大方の物乞ふ人にたはやすく更に白米を妻は与へつ

右の歌は農民も大凶作に怯えていた昭和六年の作である。そんな中で次々と来る乞食に白米を妻は与えたというのである。

碧巌《へきがん》を正法眼蔵《しょうぼうげんぞう》を嫁は言ふ暗がりの中に稲をかけつつ

昭和十九年、息子は戦死していた。その嫁が暗くなるまで稲架《はさ》かけの仕事をしながら、仏教の古典「碧巌録」や「正法眼蔵」について舅に問うのだ。なんとすばらしい会話であろうか。こんな会話のできる嫁と舅、なんと美しいつながりであろうか。

クリストの祷《いの》りを捧げ筆とりて一息に候補の名を記しけり

驚くべき求道的な、厳しくも清々しい歌である。選挙の度に思い浮かぶ歌である。

尚ご子息は少年時代の個性の幅を更に広げ、筋金の通った人間として成長し、今は父作太郎氏の求道心を胸に秘めて、彼なりの道を歩んでいる。

（北海道新聞日曜版　一九九〇年十二月二日）

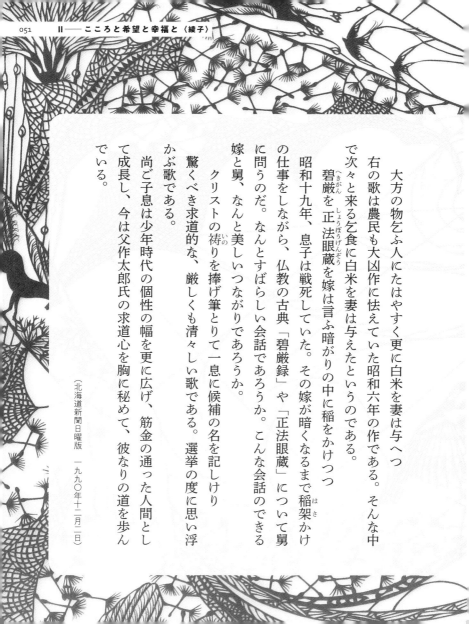

樋口作太郎…１８９５～１９７６年。山形県生まれ。明治末期に北海道に移住し、農を営む。「アララギ」歌人であり、三浦綾子が受け持った生徒の父親でもあった。著書に『樋口作太郎歌集』（１９６６年）。樋口の求道的な生涯について、三浦綾子のエッセイ「農の歌から」（『白き冬日』学習研究社、１９８５年に収録）がある。

片山明彦…１９２６～２０１４年。東京生まれの俳優。戦前に子役としてデビューし、映画『路傍の石』（田坂具隆監督、１９３８年公開）では、主人公「愛川吾一」役で出演した。

希望は失望に終らない

先日、熊本在住の野尻千穂子さんという方から、ビデオテープが送られてきた。

野尻千穂子さんは三十代の主婦だが、小学校六年の時、脊髄の病気で下半身麻痺におちいった方である。ビデオテープはあるテレビ番組に放映された短いものだったが、実に明るい生き生きした彼女の表情に、先ず私は心打たれた。

彼女の母は、僅か十二歳の千穂子さんが、生涯車椅子の生活を余儀

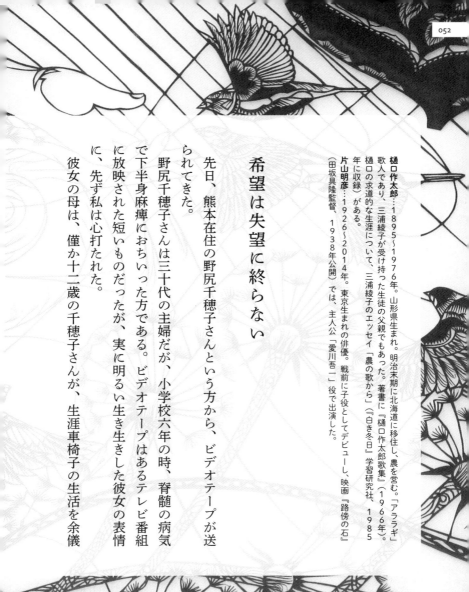

なくされるとわかった時、絶望のあまり、病院の屋上から飛び降り自殺を考えたほどだった。おそらく千穂子さんと共に、死にたいと思ったにちがいない。ところが千穂子さんは、その時こう言ったという。

「これがわたしに与えられた人生なら、わたしは死なない」と。

なんとこれが十二歳の少女の言葉である。人間なかなかこうは言えない。

私も十三年の療養生活を体験している。そのうちの七年間はギプスベッドに臥し、しかも四年間は寝返りひとつ打てなかった。

「十三年間もよく我慢しましたね」

と、私はよく言われるのだが、初めから十三年間も病床に臥さねばならないとわかっていたら、果して私は忍耐し得たであろうか。

（いつかは治るかも知れない）

という思いがあってこそ、十三年を耐え得たのだ。

しかし野尻千穂子さんは「車椅子の人生、よし、その人生を生きてみよう」と決意したのである。その彼女が、長じて一人の青年と巡り

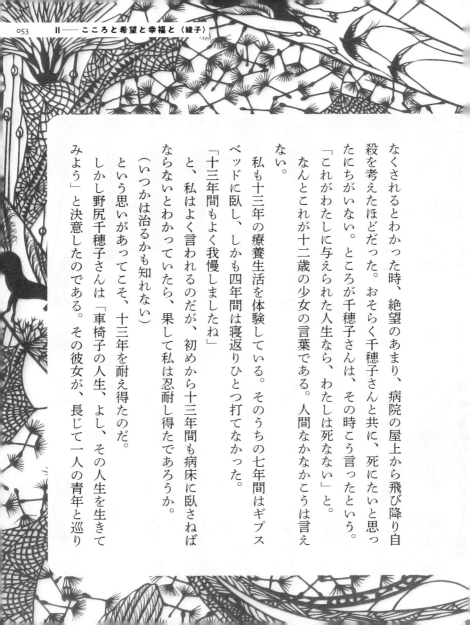

合った。そして彼女は結婚を決意した。これまた文字どおり決意であった。青年も脳性麻痺で足に麻痺があった。破局を恐れた両親はその結婚に強く反対した。

が、彼女は神の愛を信じていた。やがて人々の祝福のうちに教会で挙式した。間もなく彼女は妊娠したが、そこでまた大きな決断を迫られることになった。

「障害者が生まれるかも知れない」

と医師が言い、周囲の者も彼女の命の危険を思って、出産に大反対をしたのである。しかし彼女は言った。

「たとい自分は死んでもいい。ひとつの新しい命を生み出すことができれば」と。そしてご主人も言った。

「万一障害者が生まれても、仲間が一人増えたと思えばいい」

彼女の言葉といい、ご主人の言葉といい、なんと光り輝く言葉であろう。こうして、健やかな娘沙織ちゃんが生まれ、十一年が過ぎた。

母を助けてよく働く沙織ちゃんも、

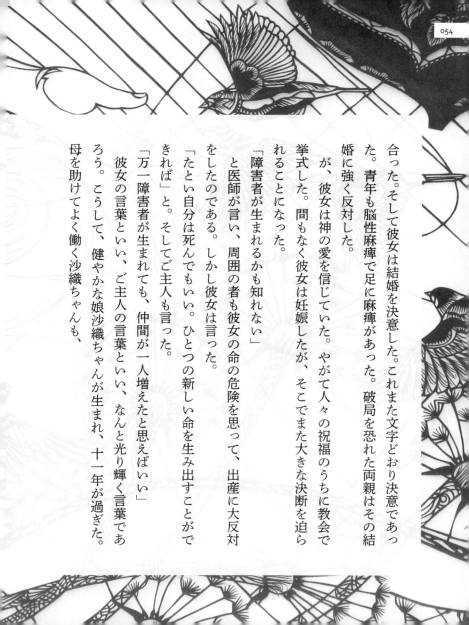

「どこの家に生まれるよりも、この父母の子に生まれてよかった」

という。なんと愛に満ちた言葉であろう。

聖書には、〈希望は失望に終らない〉という言葉を始め、希望を勧める言葉が随所に記されている。確かに希望がいかに人生の力になるか、私は千穂子さんの生活を知って、改めて思わせられたことであった。

（北海道新聞日曜版　一九九一年一月六日）

暴走族の涙

A牧師のことを、人づてに聞いた。

A牧師は少年時代、暴走族の隊長だった。隊をつらねて、夜更けの街を疾駆する。激しい騒音が静寂を破る。相手を見つけては喧嘩をする。弱い者いじめをする。

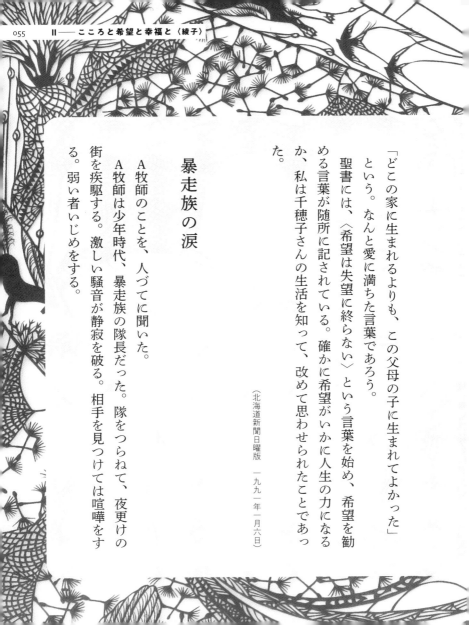

そんな毎日がつづいたある日、彼は野原の真ん中に仰向けに寝て空を見た。涙がこぼれてならなかった。夜中に騒音を立ててバイクを走らせてみても、弱い者をいじめてみても、何の満足もなかった。寝ころんで空を見ながら、只淋しかった。

やがて彼は神に出会い、信仰を持ち、神学校に進み、牧師になった。

私は、この牧師が、少年時代自分勝手なことをしながら、それによっては満足を得られず、淋しくて涙を流したということに、心を衝かれた。私たち人間は旅行をしたり、歌をうたったり、音楽に夢中になったり、おいしい物を食べたりして、それなりの幸福感を持ちながら生きている。だが、

「本当に君は幸せか」

と問われた時、何のためらいもなく、幸せであると答えることができるだろうか。中には、自分はそれで幸せだと答える人もいるかも知れない。幸せという意味を深く考えなければ、

「まあこんなものじゃないかなあ」

という幸福感に満足するかも知れない。私の短歌に、次のような一首がある。

夫《つま》といてなおも淋しきこの夕べ聖句幾つか胸に浮かび来《く》

この短歌を見る人は、あるいは私たち夫婦の仲が、しっくりいっていないのではないかと、案じてくださる向きもあるかも知れない。が、それはちがう。「夫といてなおも淋しきこの夕べ」という言葉は、愛する夫といながら、それでもなお淋しいと言っているわけだから、決して夫婦仲がしっくりいっていないわけではない。人間の生活に、最も愛する人といてさえ、なお淋しさを感ずることがあるということなのだ。それは、言ってみれば宗教的な魂の飢えといおうか、人間本来の孤独といおうか、エデンの園を追われたアダムとイブの味わったであろうむなしさといおうか、その淋しさなのだ。これは人と人との間における問題ではなく、創造主なる神と、人間との間からくる淋しさといえるかも知れない。

この淋しさを知ることが、人間には重要なのだと思う。暴走族の隊

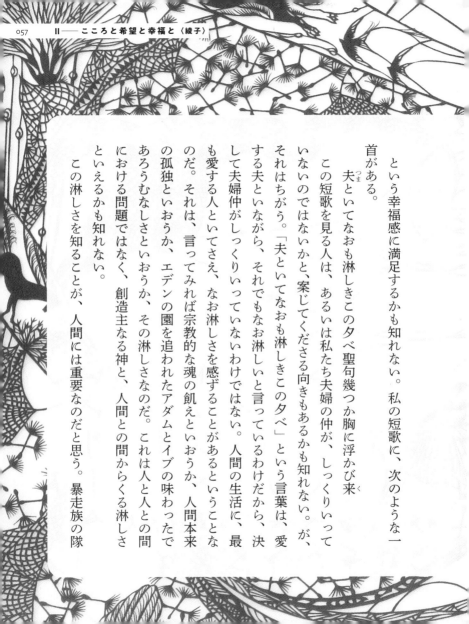

長が、淋しさに頬をぬらしたというその涙は、彼にとって、実になくてならぬ重要なプロセスだった。人間、金があっても、愛する者がいても、地位があっても、仕事があっても、健康であっても、年が若くても、全き幸せに至ることはないのではないか。パスカルは、

「気を紛わせるものに注意せよ」

と言ったが、これぞ実に名言であると思う。ここで、「目出たさも中位なりおらが春」という一茶の句を思い合わせるのは、飛躍にすぎるであろうか。

（北海道新聞日曜版　一九九一年二月三日）

称賛

ある日私は、見知らぬ老婦人の訪問を受けた。八十五歳だというその人の、身のこなしの美しさ、人を魅きつける言葉遣いに目を瞠りな

がら、用件を承った。この婦人は、旭川市屈指の写真館のご母堂で「わたくしたち一家が、今日あるのも、あのニュー北海ホテルの社長をなさっておられた大森さんのおかげです。実に立派な方です。ぜひあの方のことを随筆に書いていただけないでしょうか」

と言われた。のちほど詳しく伺ってから書けるか否かを決めたいということで、その日は別れた。そして改めてお出でいただいた。私は常日頃、自分の感動した話を書きたいと願っている。たとい文章は下手でも、感動的な話を人とわかちたい、そう思ってきた。聖書にも、〈称賛に値するものがあれば、それらを心にとめなさい〉と書いてある。

生涯の恩人であるという大森さんの、どんな話が出るかと、私は期待して言葉を待った。しかし婦人は、初めて会った日と同様に、

「大森さんほど立派な方は見たことはございません。ほんとうに公平で、親切な方です」

と繰り返すばかりである。どのように立派なのか、どのように親切なのか、具体的なエピソードを教えて欲しいと言ったところ、

「さあ……とにかく立派な方なのです」

とのこと。いたしかたなく、私は大森さんと親しい二、三の方に尋ねることにした。何れも、話も文章も上手な、いわば表現力の豊かな方たちであった。ところが老婦人同様、大森さんほどの方は見たことがない。親切で、面倒見がよくて、人を滅多に悪く言わない。心から尊敬していると、力をこめて言うのだった。では何かエピソードは？と問うたが、ほとんど具体的にお話し頂けなかった。

私は初めはがっかりしたが、ふと胸に閃めくものがあった。格別のエピソードも、思い出もなく、しかし最も尊敬する人として、心の底から称賛するのだ。これはもう、常識を超えた大きな人格ではないのだろうか、と思ったのである。

ただ一つ、エピソードを聞いた。幼ない頃からの友人で元旭川教育大教授の高坂直之氏は、次のような思い出を語られた。

その時直之少年は小学二年生、大森少年は六年生。直之少年は当時では珍しい空気銃を親に買ってもらった。大森少年は、使い方を教えてあげると言い、銃を空に向けて撃った。ところがたまたま飛んできた一羽の雀に弾丸は命中し、雀はぱたりと落ちた。大森少年は顔色を変え、駆け寄って雀を抱き、
「ごめんね、ごめんね。悪かった。撃つつもりではなかったのに」
と、涙声で言い、墓を作ってねんごろに葬《とむら》ったという。この大森少年は、近所の子供らのリーダー格として慕われていた。
その優しさあたたかさが、接した人すべてに沁みわたり、言うに言えない思いとなって生きているのではあるまいか。

（北海道新聞日曜版　一九九二年十月十八日）

大森さん（大森熊規）…１９５１年、旭川市に開業した「ニュー北海ホテル」（２００４年閉鎖。現、日本生命４条通ビル）の社長、のち会長。三浦綾子のエッセイ「ニュー北海ホテルと私」（『丘の上の邂逅』２０１２年所収）に、牛乳配達をしていた少女時代、大森氏のお宅に毎日配達していたことが回想されている。

高坂（こうさか）**直之**…北海道教育大学旭川分校（現、北海道教育大学旭川校）名誉教授。法学・政治学教室で教鞭をとった。著書に、『トマス・アクィナスの自然法研究―その構造と憲法への展開―』（創文社、１９７１年）等がある。

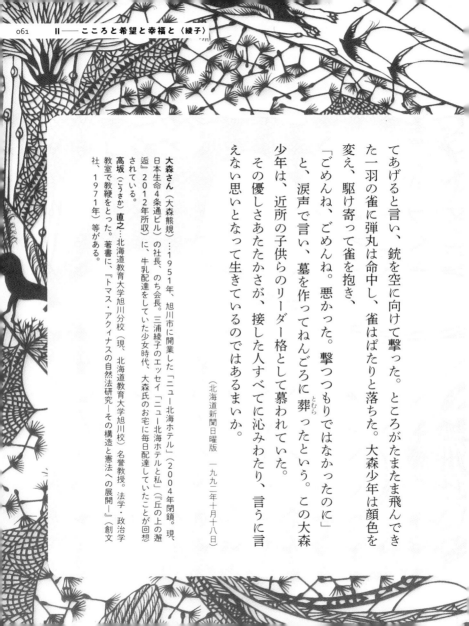

時は経っても

礼拝が終ったあと、教会堂の階下にあるホールでカレーライスを食べていた。と、T子さんが近寄って来て、

「道新のリレーエッセイを拝見しました。あの中に出てくる高坂直之先生は、今どちらにお住まいでしょう」

と言った。高坂先生（元北海道教育大学旭川分校教授で法学博士）のご住所を知らせると、

「わたし、実は高坂先生の教え子です。旭川師範学校で英語をお習いしていました。わたし、どうしても高坂先生にお会いして、申し上げなければならないことがあるんです」

と言い、いつも明るい微笑を湛《たた》えているT子さんの目が真剣であった。

それから数日後、私はT子さんから部厚い封書を頂いた。一読した

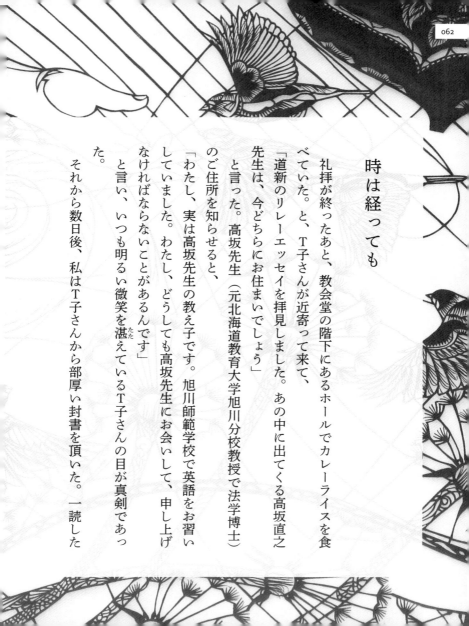

私はひどく心を打たれた。T子さんは旭川師範学校の女子部の予科生だった。四十年以上も前のことである。この時高坂先生に英語を習ったわけだが、彼女は英語が苦手であった。期末テストの朝、彼女の仲のよい友人がT子さんを手招きした。何かと思って駆け寄ると、友人の手にあるのはその日の英語のテストの問題が刷られている試験用紙だった。

この試験用紙は、T子さんの友人が常日頃親しくしている学校の給仕さんが、内緒で手渡してくれたものだった。T子さんと友人は、物蔭で英語の教科書を見ながら、その問題の答を得て行った。そしてテストを受けた。

二、三日が過ぎてまた英語の時間がきた。高坂先生は厳しい表情で一同を見まわして言われた。

「今回のテストには、実に妙なことがあった。それは、まだ教えていない単語のスペルを、間違いなく書いた人が二人いた」

T子さんの胸が高鳴った。その二人とは、むろん自分と友人のS子である。つづいてどんな叱責《しっせき》の言葉が高坂先生の口から飛び出すかと思ったが、あとは何事もなかったように授業が進められた。二人に対する先生の態度にも何の変わりもなかった。次の日も次の日も、いつもと同じだった。T子さんたちのカンニングは、不問に付されて終ってしまった。

T子さんはその頃、高坂先生がクリスチャンであるという噂を聞いた。時が経《た》って、T子さんもキリストを信ずるに至った。キリストの愛を知った時、T子さんの胸に浮かんだのは、あの日の高坂先生の厳しい顔と、いつもの柔和な表情であった。

以来T子さんは、カンニング問題を高坂先生の前に、詫びねばならぬと思い定めてきた。そして私に先生の住所を聞くや否や、高坂先生を訪ねて行き、心からお詫びをしたのである。先生は非常に喜ばれた。

私はT子さんの、四十年以上も前のカンニングへの思いが風化せずにいたこと、とうに時効ともいえるその罪を告白しに、恩師を訪ねて謝罪したことに、深く感動した。とても真似のできることではないと思った。謝罪は勇気の要ることである。そして、時間の経過と共に罪は自然に消え去るものではないことを、改めて思ったのだった。

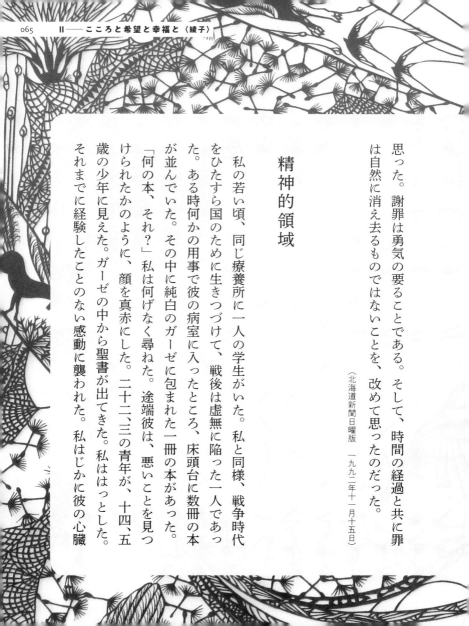

（北海道新聞日曜版　一九九二年十一月十五日）

精神的領域

私の若い頃、同じ療養所に一人の学生がいた。私と同様、戦争時代をひたすら国のために生きつづけて、戦後は虚無に陥った一人であった。ある時何かの用事で彼の病室に入ったところ、床頭台に数冊の本が並んでいた。その中に純白のガーゼに包まれた一冊の本があった。「何の本、それ？」私は何げなく尋ねた。途端彼は、悪いことを見つけられたかのように、顔を真赤にした。二十二、三の青年が、十四、五歳の少年に見えた。ガーゼの中から聖書が出てきた。私ははっとした。それまでに経験したことのない感動に襲われた。私はじかに彼の心臓に手を触れた思いだった。

（そうか、この人には聖書という侵してはならぬ神聖な世界があったのか）

そこには私の心を打ち叩く何かがあった。人間何を大事にするかは、大切な問題だ。私は三浦と結婚して三十四年、妻としては悪妻だが、三浦を尊敬しつづけてきた。ほとんど誰にも言ったことはないが、私は三浦の書き散らしの字でも、決して捨てようとしない。それがたとえちり紙に書き散らしたものであっても、自分の手から投げ棄てることをしない。夫の書いた字は夫の心でもある。それを私は大事にしたいのだ。

戦時中『新道』という映画があった。確かその映画だったと思うが、恋人に会いに行く女性が、財布の中の銀貨や銅貨まで真新しいものに取換えて会いに行く場面があった。誰に知られなくてもいい。そうした気持を持って人を愛するあり方は、私にはひどく好ましく思われた。

私にこんな短歌がある。

離れ病む君に書く時化粧する慣《なら》ひは何時の頃よりならむ

手紙を書く時に、顔を洗っていようがいまいが、相手にはわからない。しかし会っているつもりで薄化粧をするというのも、いいのではないか。

つい先日、知人夫妻が四国から訪ねて来られた。その時奥さんが言われた。

「三浦さんから初めてサイン本を頂いた時、うちは何を買ったと思います？　金庫ですよ」

私は絶句した。私のような者のサイン本を、万一にも焼いてはならぬと、大学教授のこの先生は、直ちに金庫を求めて下さったのだ。

人間、何を大事にするか、人によってちがうだろうが、ここだけは侵させてはならぬという精神的領域があってよいのだろう。

（北海道新聞日曜版　一九九三年九月十二日）

映画『新道』…菊池寛原作、五所平之助監督、松竹製作。前後編があり、１９３６年公開。

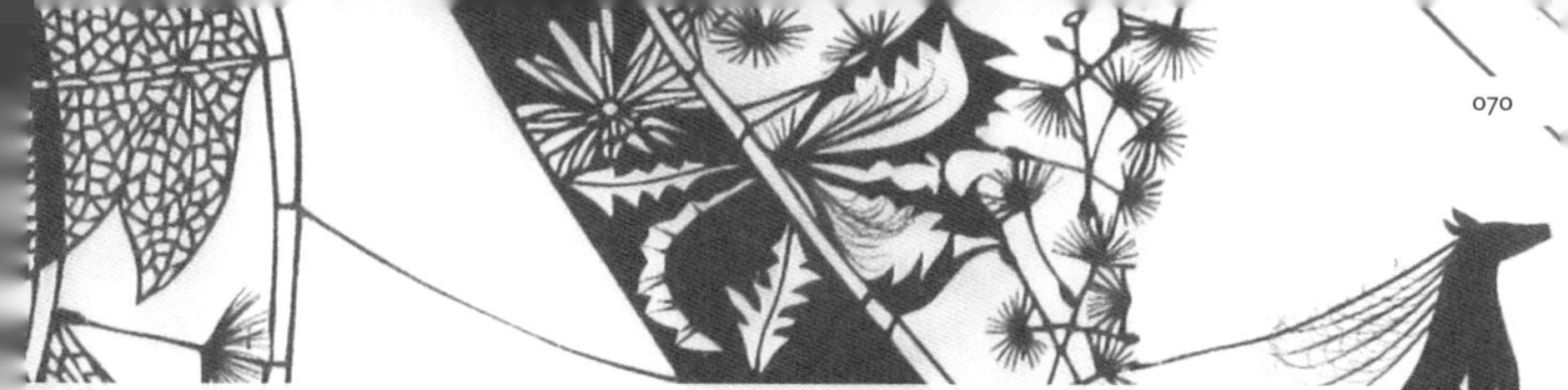

六十余年前の声

その日も三十通を超える手紙がきた。その束の中に、一通の部厚い手紙があった。いかにも素直さを感じさせる字で宛名が書かれてあった。私は差出人の名を見た。見知らぬ名前だった。が、括弧《かっこ》して旧姓が附記されていた。私の胸がとどろいた。なんとその人は、六、七歳の頃、毎日のように共に遊んだ久江ちゃんだった。

長い間、私は久江ちゃんの消息を知らなかった。時々思い出しては、懐しさに胸を熱くするだけだった。

久江ちゃんの家は、二、三軒置いた隣りで、郵便局の寮の管理をしていた。長い廊下に沿って部屋が幾つもあり、独身の男性たちが寝起きしていた。私は毎日のように久江ちゃんの家に遊びに行って、二人で廊下を駆けまわったり、時には寮の人たちとトランプをしたり、お化けの話を聞かされたりしたものだった。

久江ちゃんは顔も、ものの言い様も優しい子で、微笑を絶やすことがなかった。そんな久江ちゃんが懐しくて、数年前、自伝『草のうた』の中に彼女のことを書いた。が、依然として彼女の消息はわからなかった。それが突如、一通の部厚い手紙となって、彼女は私の前に現れたのだ。

(会いたい!)

切実にそう思ったが、封筒にも便箋にも彼女の住所はなかった。多分彼女は、忙しい私に遠慮して、わざと住所を書かなかったにちがいない。封書のスタンプを見ると、「札幌・中央」の字が見えた。

私はすぐに一〇四番にダイヤルした。ご主人の名前はわからないが、珍しい苗字なので、電話番号は簡単にわかるだろうと思った。ところが一〇四番の女性は、中央区にはその苗字は一軒もないという。私はその親切な語調に縋《すが》る思いで、では西区を調べて欲しいと頼みこんだ。驚いたことに、西区には二十軒もあるという。とりあえず上から三番目までの番号を知らせてもらったが、その三軒共久江ちゃんとは無縁

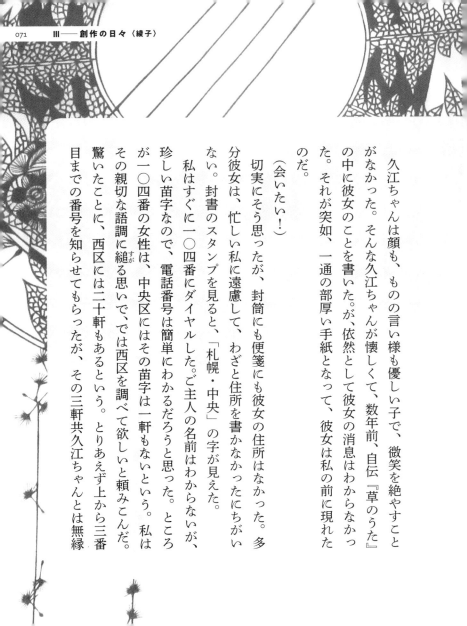

だった。この上一〇四番を煩わすに忍びなかった。

私は、何か手がかりがないかと、久江ちゃんの手紙を読み直してみた。と、彼女の実兄が旭川にいると書いてある。飛びつく思いで電話番号を調べ、かけてみると、彼女のお兄さんが電話に出た。しかも、彼は以前三浦と同じ営林局に勤務していて、顔見知りの間だった。

こうして私はようやく、六十年ぶりに、あの懐しい久江ちゃんの声を耳にすることができたのである。私は小説『続泥流地帯』で、小学校教師の耕作にこう言わせている。

「……人間はな、景色でも友だちでも、懐しいものを持っていなければならん。懐しさで一杯のものを持っていると、人間はそう簡単には堕落しないものなんだ」と。

それはともかく、私は久江ちゃんと話をしながら、遠く消え去った筈の時間が生き生きと甦ってくるのを感じた。そして、人間に与えられている時間というものの不思議さ、尊さを改めて思ったことだった。

（北海道新聞日曜版　一九九一年四月二十八日）

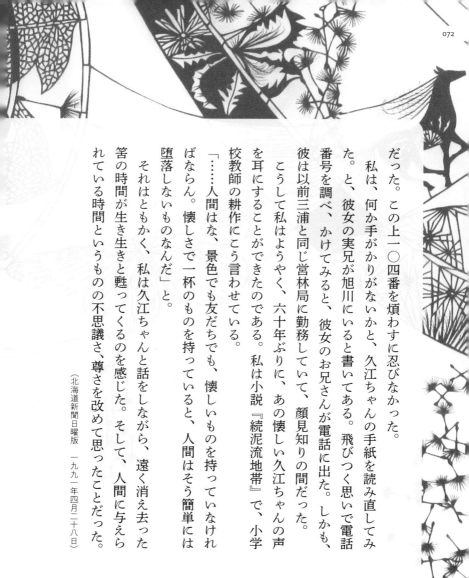

森繁久弥夫人を思う

この度森繁久弥氏が文化勲章を受章された。それを知った私は、

（ああ、もう一年早かったら……）

と、昨年十月に亡くなられた森繁夫人のことを思った。

夫人にお会いしたのは、只一度限りである。しかし世には、只一度だけしか会ってはいなくても、心に沁みて忘れられないという人がいるものだ。

私の小説『天北原野』がテレビドラマ化されたのは、もう何年前のことだろう。稚内でそのロケーションがあった。森繁久弥氏がそのドラマに出演して、ドラマに深味をつけて下さった。一夜地元稚内の観光課の馳走に与った。森繁夫妻を始め、北大路欣也、藤岡琢也、山本陽子、倍賞美津子、松坂慶子、浦川麗子等々の俳優さんたちと賑やかに食事の席に連った。

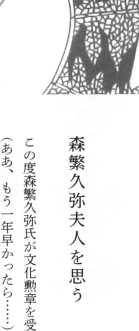

森繁氏と同窓だったという浜森市長ら男性軍に話が盛り上がって来た頃、私は運ばれて来たご飯に、味噌汁をかけて食べたいと、うずうずしていた。が、それは礼を失することになる。が、席が無礼講になってみれば、ご飯に味噌汁をかけるくらい許されそうな気もした。非礼を承知の上で、私はご飯に味噌汁をかけた。

一瞬、周囲の女性たちが息をのんだようであった。その途端、森繁夫人が楽しそうな声で、

「見ーちゃった、見ーちゃった。わたしも一度宴会でやってみたいと思っていたのよ。だってご飯に味噌汁をかけるのって、すごくおいしいものね」

と言われ、すぐにご自分のご飯に味噌汁をかけた。浦川麗子さんを始め幾人かが右へならえをした。私はつくづく森繁夫人という方は、酸いも甘いも噛みわけた方だと思った。下手をすると、私の無礼はその場を白けさせたかも知れない。それを森繁夫人は見事に救ってくれた。みんなで食べるその味噌汁ご飯のおいしかったこと。この大きさ

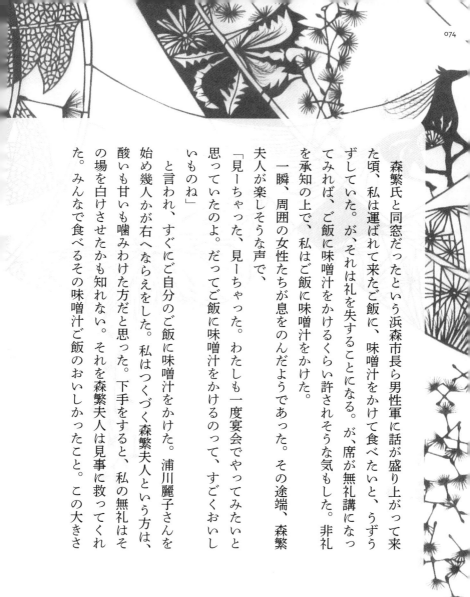

が、森繁久弥氏を大成させた陰の力かも知れぬと、思ったことだった。

似た話がある。

宮本百合子がまだ実家の中条家にいた頃、誕生会があった。上流階級の百合子の家は、一流ホテルにも似た格式があった。その時、みんなの前に半熟卵の皿が運ばれた。客たちの中に尾崎ふさという貧しい家の娘がいた。常々、皿は隅々までなめろと言われて彼女は育った。で、半熟卵のべったりとついた皿を、彼女はぺろぺろとなめた。客たちはハッとし、うつむいて声を発する者もいない。とその時、百合子は尾崎ふさと同じように、自分の皿をぺろぺろとなめ、

「今どき卵なんて貴重品だから、もったいないよね」

と言ったのである。この言葉と森繁夫人の言葉とに、共通のものがある。それは、人の非を咎《とが》めるよりも、人を許し、愛そうとする姿勢である。それにつけても、一年早く文化勲章が欲しかったと思うのである。

（北海道新聞日曜版　一九九一年十二月八日）

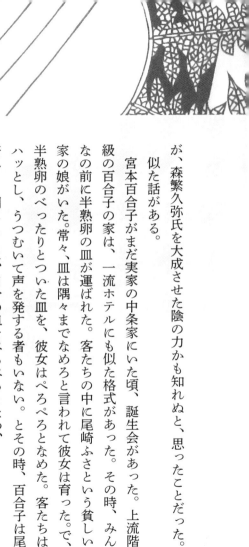

浜森辰雄（たつお）…1916～2009年。稚内市生まれ。1959年から稚内市長を8期務めた。映画『南極物語』（蔵原惟繕監督、1983年公開）では、稚内市長役で特別出演もした。

姓名断想

もう二十年以上も前のことになろうか。ある男性の読者から手紙が来た。

「今後あなたの小説は絶対に読まない」

怒りが文面に満ちていた。私は小説『積木の箱』の中で、一人の少女に「小林乱子」という名をつけた。手紙の主は、

「どこの世界に、自分の娘にそんな名前をつける親がいるか。いい加減なことを書くな」

という怒りをぶつけてきたのである。

読んで私は無理もないと思った。しかしいい加減な態度でこの名をつけたわけではない。私の小学生時代、確かにこの名の生徒がいたと

記憶していたのである。

むろん、親は誰しもわが子の名前をつけることに苦心する。子供はつけられた名を一生背負っていかなければならないのだ。親は子供の生涯の幸せを願って、あれこれ考えたり調べたりして名前をつける。だからその読者が怒ったのも、当然と言えば当然であろう。

ところで、それから十数年後、乱子さんという美しい快活な女性に出会った。名づけたのは父親だという。乱という字には「おさめる」という意味合いもあるとかで、この人生の荒波をおさめて生きていくことを願っての命名であったとか。乱の字に「おさめる」という意味のあることは漢和辞典にも出ている。

命名するに際して、時に人は不吉とも思える字を使うことがある。例えば「魔子」とか「捨吉」とか。そうすることによって、その字の持つ意味を防ぐとか、それに打ち勝つと思われてきたのは、日本だけではなさそうだ。聖書にもその例はあると聞いている。

要するに人はそれぞれよかれと思って名前をつけるのだ。私たち夫

婦に子供はないが、時折名づけ親になって欲しいと頼まれることがある。私は「祈り」という字が好きで、「由祈子」とか「真祈」などという名をつけて上げたりしてきた。頼まれるまでもなく、商売柄小説の登場人物の名前をつけるのに苦労している。小説『氷点』を書く時、私はヒロインに「陽子」という名をつけた。六歳で死んだ私の妹、陽子を、せめて小説の中で長生きさせたかったのだ。

　差し障りのない登場人物の名前はまだいいが、殺人犯などの名前となると苦労する。教師をしていたので、何百人もの生徒の名前を覚えている。友人、知人、親戚などの名前も考慮しなければならない。『氷点』の中の殺人犯は考えに考えた末「佐石土雄」と名づけた。ところが『氷点』出版後間もなく、佐石という名の医師がテレビに出ていたと姉に知らされ、がっくりした。

　ところで先程の乱子さんの以前の姓が小林であることを、このほど知って驚いた。小説に書いた小林乱子と、なんと同姓同名というわけだ。こんな偶然に出会うと、人間は軽々しく、「そんなことは絶対にない」などとは言えないものだとつくづく思う。

（北海道新聞日曜版　一九九二年四月五日）

鎧戸

今私は、小学館の月刊誌「本の窓」に、『銃口』という小説を連載している。昭和を背景に神と人間について書いて欲しい、というのが編集者の求めである。昭和を背景にする以上、十五年戦争は絶対に避けて通ることはできない。

目下主人公は召集されて、満州（現・中国東北部）に向かう車中にある。私にとって、この軍隊生活が何とも大変な難所となった。軍隊経験のない私には「内務班」という言葉一つを取っても、何のことやら具体的にわからない。いちいち体験者に聞かなければならないのだ。次々に疑問は続出する。私は幾人もの人に取材をした。

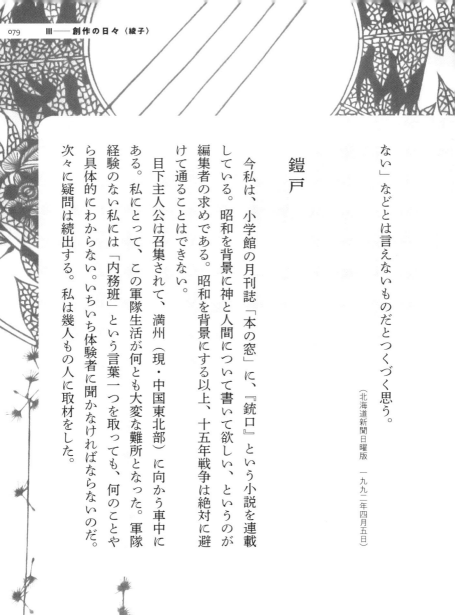

戦地に向かう兵隊の輸送についても聞いてみた。兵隊たちは師団を出発、戦場へと送られるわけだが、行く先も知らされぬまま軍用列車に乗せられる。真夜中、ひそかに駅を出た列車の窓は、昼夜の別なく鎧戸《よろいど》を固くおろしたままである。どの辺りを走っているのか、外を見たくても開けることは厳禁だ。デッキに出れば鎧戸はないのだが、憲兵がきびしく警戒している。

この話を聞いて、私は小説の主人公に何を思わせようかと考えてみた。

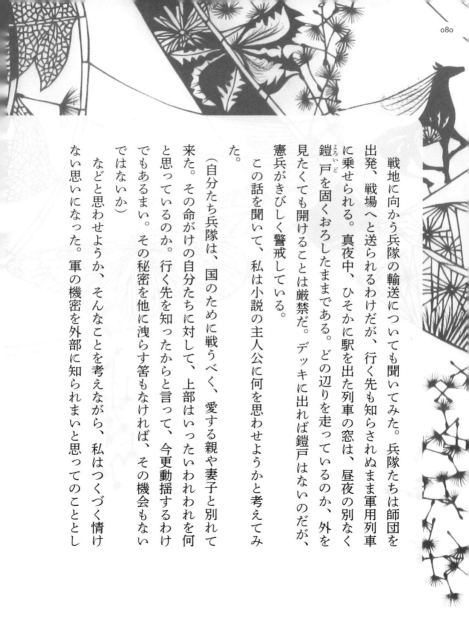

(自分たち兵隊は、国のために戦うべく、愛する親や妻子と別れて来た。その命がけの自分たちに対して、上部はいったいわれわれを何と思っているのか。行く先を知ったからと言って、今更動揺するわけでもあるまい。その秘密を他に洩らす筈もなければ、その機会もないではないか)

などと思わせようか、そんなことを考えながら、私はつくづく情けない思いになった。軍の機密を外部に知られまいと思ってのこととしても、鎧戸をおろして走っている列車を見た人は、かえって奇異に思ったにちがいない。機密を守るのに、むしろ逆効果になったのではないか。

夜も昼も鎧戸で遮っておくより、あるいは見納めになるかも知れない故国の風景を、兵士たちに見せたほうがどんなによかったことか。命を賭して命令に従っている兵士たちを、もっと上部の者はおおらかに信用してもよかったのではないか。

戦時中のニュースは、ずいぶんと嘘が多かったと聞く。戦争が終ってから、「真相はこうだ」というラジオ番組が、長く放送されていたのを思い出す。

ところで先ごろ、ＰＫＯ協力法が遂に成立してしまった。三浦は慨嘆して言った。「日本が再び亡国への一歩を大きく踏み出したことにならねばよいが」と。

言われて私は言い様もない不安を感じた。行く先も知らされずに、鎧戸をおろした列車の中にあるような無気味さを覚えたのだ。

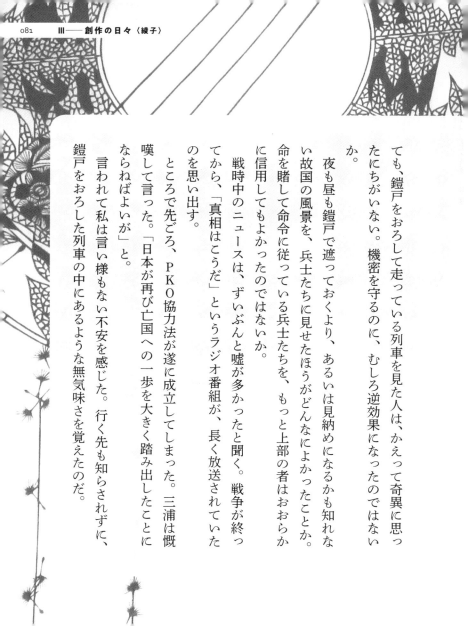

かつては東洋平和のためと言われて戦争に駆り立てられた。今度は国際平和に貢献するための派兵だという。戦争をするのではないという。事実そのとおりで事が終ればよいのだが……。

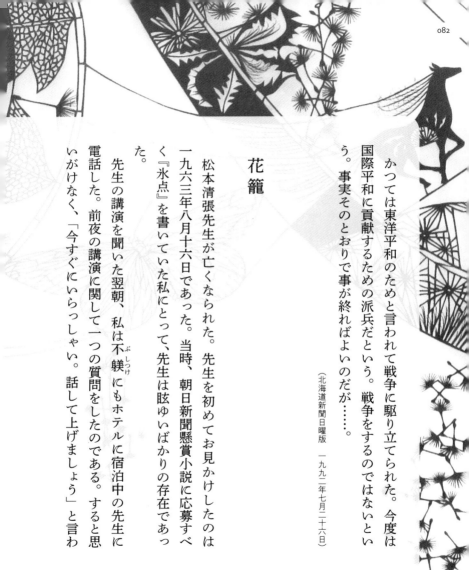

（北海道新聞日曜版　一九九二年七月二十六日）

花籠

松本清張先生が亡くなられた。先生を初めてお見かけしたのは一九六三年八月十六日であった。当時、朝日新聞懸賞小説に応募すべく『氷点』を書いていた私にとって、先生は眩ゆいばかりの存在であった。

先生の講演を聞いた翌朝、私は不《ぶ》躾《しつけ》にもホテルに宿泊中の先生に電話した。前夜の講演に関して一つの質問をしたのである。すると思いがけなく、「今すぐにいらっしゃい。話して上げましょう」と言われた。それはまことに真実のこもるお声だった。心は躍ったが、思うところがあって私はご好意を辞退した。

まさかその数年後、一つの講演会で、共に講師として同じ壇上に立つことになろうとは、夢にも思わなかった。その講演会は旭川に新しく支店を出した三省堂書店の開店記念講演会であった。講師はもう一人渡辺淳一氏がいられた。この時が先生との初めての出会いであった。

その夜主催者側の招きで、私たち夫婦も先生や渡辺淳一氏と食事に同席させて頂いた。そして翌日は旭岳にもお供させて頂いた。この時先生は、私のどこが気に入られてか、私と三浦に、

「一緒に東京に行こう」

とおっしゃった。「私の家にぜひ来て欲しい。三日位滞在してもいいでしょう」としきりに誘って下さったのである。締切間近の仕事を抱える身にはそれもならず、これまたご辞退せざるを得なかったが、駆け出しの私へのあたたかさが身に沁みたものだった。

それから何年後だったろうか、再度旭川に講演に来られた時、先生

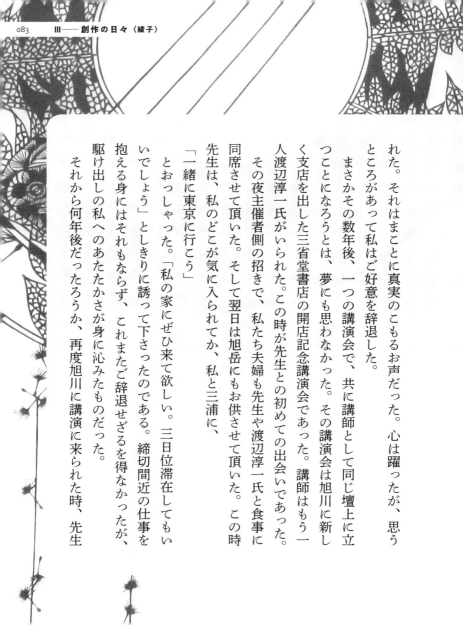

は私たち夫婦を夕食に招いて下さった。この時私は、先生の差し出された盃にちょっと口をつけただけで、返盃もせずに、

「この盃、記念に頂いて参ります」

と、店の人に頼んで許しを得た。

こんな非礼な私を、先生はその後も何かにつけて励まして下さった。特に粉ミルク療法で癌患者の回復に当たっていた指圧師が、医師法違反に問われた時のことが忘れられない。その療法を続けていた私には、大変なショックであった。私の心情を察してか、先生は直ちに豪華な花籠を贈って下さった。私は先生の思いやりに感動せずにはいられなかった。

感動と言えば、先生から全集一揃いを贈られたことがある。また、お会いする度に、

「三省堂の支店はうまくいっていますか」

と必ず言われたことに、心打たれたものである。

「今度札幌に行くが会えるなら……」

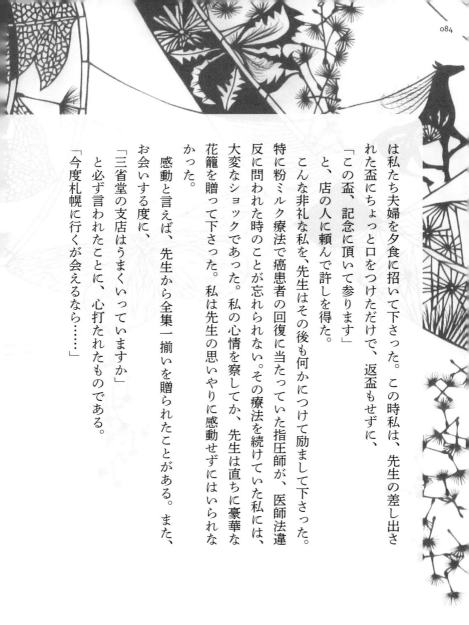

とのお便りを頂いたことがあった。折よく出札の予定もあったので、札幌のホテルでかなりの時間お話を伺うことができた。たまたま話が私の口述筆記に及んだ時、先生は三浦の苦心を聞いて大そう感心され、

「それは大変な特技ですよ」

と、三浦を激励して下さった。思えばあの札幌でのひとときが、先生との最後になった。

（北海道新聞日曜版　一九九二年八月二十三日）

寄せに入って

今、私は小学館の「本の窓」に小説『銃口』を連載している。小説を書き始めて二十八年余、私にとって小説は随筆よりも気楽なところがあった。一旦筆を取ると、一気に十枚二十枚と書き進めることができたのだ。

ところがこの『銃口』は勝手がちがった。少年であった主人公が召集されて軍隊に入ってからは、筆は遅々として進まない。軍隊生活の経験のない私は、何を書いても自信が持てない。舞台が満州に移ってから、むずかしさは倍加した。軍隊経験者にずいぶんと取材もしたが、それぞれ百人百様の趣があった。

　というわけで、今回も苦心の果て、締切日を四日も繰り延べてもらって、ファックスで送った。ほっとしていたところに編集者から電話が入った。何と、書き直して欲しいと言うのである。私は足から力が脱《ぬ》けていくのを感じた。未だかつて一度も書き直しの憂き目に遭ったことがない。某氏はその著書の中で、一つの作品について八回書き直しをさせられたと書いていたし、某女流作家は、若い編集者の前で書き直しをさせられることはたまらない、と書いていた。で、私は、書き直しをさせられる人は、書き直しをするだけの力のある人なのだと考えていた。それはともかく、締切日を四日も繰り延べてもらって出した原稿である。しかし、主人公の乗った汽車が、一九四五年八月十五日のその日、動いていなかったという編集者の言葉は絶対だった。以前、私の書いた小説に、同じ日に主人公が満州で汽車に乗っていた例があった。だから全線動いていると思いこんでいたのが間違いだった。が、そんな弁解をしていても始まらない。資料をとっくり返しひっくり返し調べ始めた。古書店の金坂吉晃氏、目加田祐一氏に電話をかけて尋ねて見たり、然るべき人を紹介して頂いたり、「満州最期の日」の合田一道氏の文章を読み直してみたり、それこそハッチャキになって、調べ直して再提出したのは更に四日後であった。

なぜ一九四五年八月十五日、主人公を急遽満州から去らせたか。情けない話だが、私も筆記者の三浦も疲れていたのである。一日も早く主人公が満州を離れて、旭川に帰って欲しかったのである。小説の上では主人公は無事満州を出て、家族との涙の対面ということでこの回を終らせたのだが、書き直しということで、主人公は再び満州へ連れ戻されてしまった。あと四、五回で千枚を超える連載が終りというところで、この失態である。

三浦は私が長編小説を書く時、終りに近づけば近づくほど、

「綾子、この千枚をもう一度最初から書く気魄で、終盤を書け」

と、私に気合をかけるのだが、この度の満州ではほとほと疲れ果てたらしく、そんな言葉は三浦の口から出なかった。終盤は特に重要だ。小説ならやり直しもきくが、人生はやり直しはきかない。齢七十歳、私も人生の寄せに入っている。過またず寄せ切りたいものだと、つくづく思ったことだった。


（北海道新聞日曜版　一九九三年二月十四日）

隣人

先日私は、連載中の小説『銃口』で難儀している話を、この欄に書いた。終戦の当日、走ってはいない汽車に、主人公を乗せてしまった失敗を書いた。その一文が発表されて間もなく、一人の男性から電話

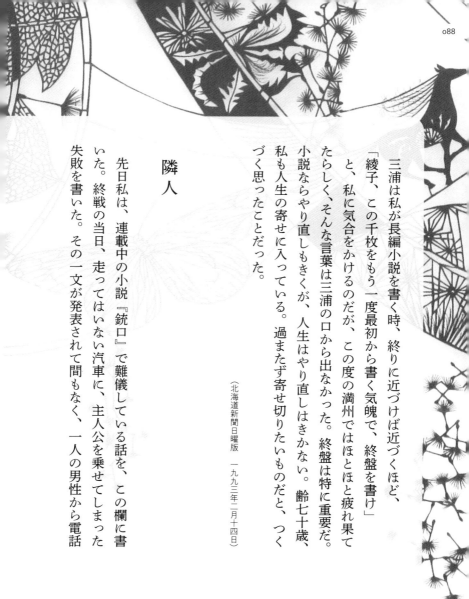

が来た。

「わたしは昭和の初期に、旭川四条十六丁目で、隣りに住んでいた堀内ですが……」

昭和初期と言えば六十年以上も前のことである。私がその四条十六丁目にいたのは、生まれてから満四歳までである。にもかかわらず、私は隣家に住んでいた堀内勉さんの名を、鮮かに思い出した。

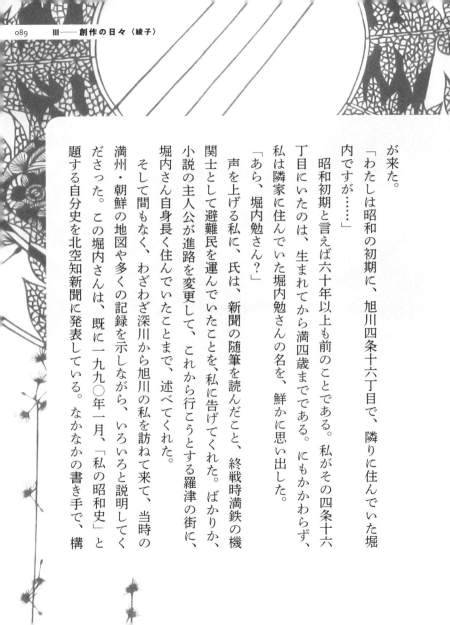

「あら、堀内勉さん？」

声を上げる私に、氏は、新聞の随筆を読んだこと、終戦時満鉄の機関士として避難民を運んでいたことを、私に告げてくれた。ばかりか、小説の主人公が進路を変更して、これから行こうとする羅津の街に、堀内さん自身長く住んでいたことまで、述べてくれた。

そして間もなく、わざわざ深川から旭川の私を訪ねて来て、当時の満州・朝鮮の地図や多くの記録を示しながら、いろいろと説明してくださった。この堀内さんは、既に一九九〇年一月、「私の昭和史」と題する自分史を北空知新聞に発表している。なかなかの書き手で、構

成も文章も見事である。私の学ぶところは実に大きかった。

私はこの出会いに、神の布石にも似た一つの畏《おそ》れを感じた。私が四歳、堀内さんが七歳の時に別れたまま、お互い相見ることなく六十数年を経て再会したのである。しかもそれは、一方的に私の難儀を救うために、まるで時代劇の剣士さながら、助けに来てくださったのだ。単なる偶然とは言い難いものを、私は感じたわけである。

私が四歳の時に移って行った九条十二丁目には、やはり隣り合わせに、前川正という少年が住んでいた。彼が小学四年生、私が二年生の時だった。隣り同士だったのは一年間だけで、親しく遊んだ思い出もなかったが、その二十年後、結核を機縁として再会し、彼は私にキリストの愛を伝え、文学を教えてくれた。彼は私の生涯に忘れてはならぬ人となった。

そんなことを思い合わせて、私は「隣人」という言葉を改めて思った。隣りとは身近な存在のことである。その最たる者は、夫にとっては妻、妻にとっては夫ということになろうか。何れにせよ、「汝の隣人を愛せよ」という言葉は、私たちが思うよりも、もっと重い意味がこめられているような気がする。

（北海道新聞日曜版　一九九三年四月二十五日）

迂闊千万

小説『氷点』を書いてから三十年近くになる。私はその小説の中で、ちょっと楽しい遊びをした。仲のよい友人幾人かの名前を、そのまま使ったり、アレンジしたりして登場させたのである。弟のように親しくしていた医師の名前からは、二文字をもらって村井靖夫と名づけた。

「どんな人物になるのか、楽しみだなあ」

彼はそう言ったが、予定とはちがって、上司の妻に横恋慕する人間になってしまった。

「ごめんね、あんなつもりではなかったんだけど……」

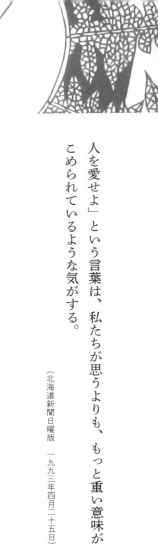

私は彼に謝った。

彼はキリストを信じ、医師の仕事をしながら、伝道者としての働きをも、熱心につづけている人物である。

小説の主人公陽子の高校教師の一人には、黒江という美術教師を配した。この教師は、踊りの師匠藤尾辰子の家に終始出入りし、ボタンの外れたポロシャツを着たり、女物の下駄を平気で履いたり、辰子の家の台所に気軽に入って、豌豆《えんどう》ご飯を炊いたりする明るい善意の男性だ。彼は高校生になった陽子をモデルに、一枚絵を描いてみたいと言い出したりする。

私たち夫婦には、黒江勉という四十年来の友人がいて、その姓をそのまま使わせてもらった。現実の黒江さんは、以前警察の鑑識課に勤めていて、職業柄写真もうまく、私たちの結婚式には写真も撮ってくれた大切な友人である。生真面目で作中の黒江先生とは全くちがっていたが、それでも私のいたずらを喜んでくれた。

ところで先日、私はあるパーティで、旭川西高校の元美術教師山口

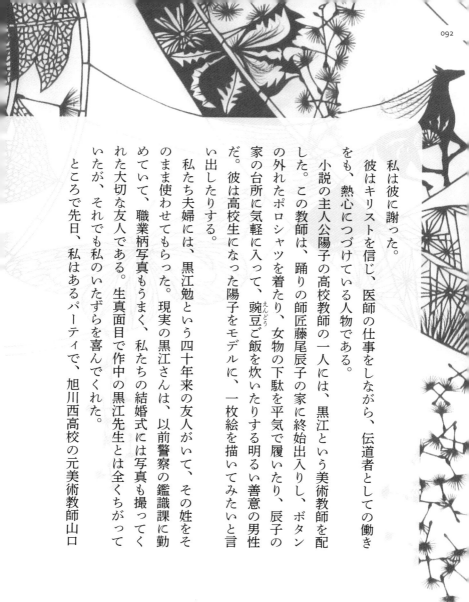

信太郎画伯を紹介され、重大な事実に気づいた。小説には架空の人物が実在する舞台に登場することが珍しくない。『氷点』の中で、陽子は西高生であった。その美術の教師黒江に、私は女下駄を履かせたり一見軽薄ふうに描いた。

旭川西高校は旭川に実在する高校である。その西高の美術教師と言えば、この山口先生以外にはなかった。私がどのように黒江教師を描いたとしても、

（山口先生にはそんな面もあるのか）

と、知人友人に思われたかも知れないのだ。謹厳な人格者山口先生の胸中を思って、私は今更ながらひれ伏して謝りたい思いに襲われたのである。たとい顔だけとは言え、山口先生はまちがっても教え子をモデルに絵を描きたいなどとは考えるお方ではない。まことに迂闊《うかつ》千万であった。

（北海道新聞日曜版　一九九三年十二月五日）

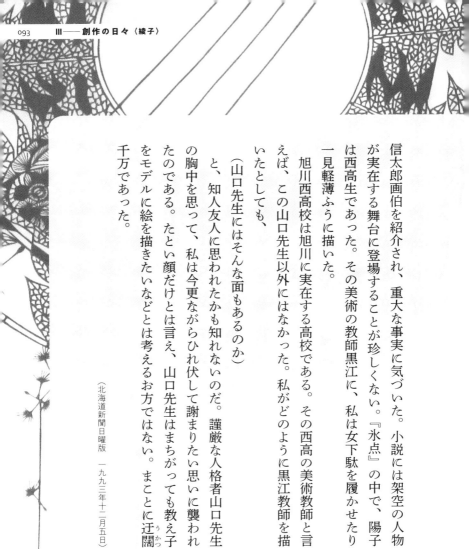

語られざる言葉

この夏の初め、山田洋次監督との対談の企画が北海道新聞社からもたらされた。

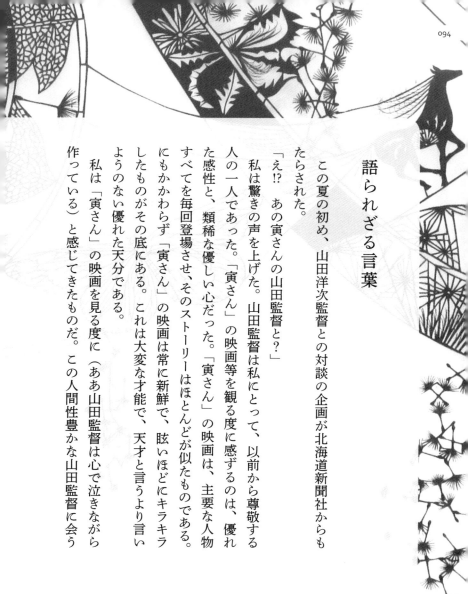

「え!?　あの寅さんの山田監督と?」

私は驚きの声を上げた。山田監督は私にとって、以前から尊敬する人の一人であった。「寅さん」の映画等を観る度に感ずるのは、優れた感性と、類稀な優しい心だった。「寅さん」の映画は、主要な人物すべてを毎回登場させ、そのストーリーはほとんどが似たものである。にもかかわらず「寅さん」の映画は常に新鮮で、眩いほどにキラキラしたものがその底にある。これは大変な才能で、天才と言うより言いようのない優れた天分である。

私は「寅さん」の映画を見る度に（ああ山田監督は心で泣きながら作っている）と感じてきたものだ。この人間性豊かな山田監督に会うことができる。それは願ってもないありがたいことであった。が、(でも、対談は困る)私は後退りをする思いでもあった。なぜなら、私は実に対談が下手だ。相槌の打ち方が何とも間抜けている。その上、耳が遠いから事を取り違えて聞いてしまう。私と言う人間は絶対に対談向きではないのだ。そう思って、ためらいながらもお引受けし期待にわくわくして対談の日を私は待っていた。

初めて会った山田監督は、想像していたとおり優しさの滲《にじ》みでてくるような、心に沁みる何かを持っている人であった。山田監督は私の小説を幾冊か読んで下さっており、特に最近出した『銃口』は、小学館の「本の窓」に連載中からお読み下さっていた。そして、その感想の一端を次のように述べられた。

「私は『銃口』の連載を読みながら、(ああこんな小説を自分は読みたかったのだ)と幾度も思いながら読んだのです」

私は一瞬、体の中を熱いものが駆けめぐるのを感じた。(何と言うもったいない言葉を下さったことだろう。これが天下の山田監督の、

私の小説『銃口』に対する評価なのだ）

それは最高の賛辞と言えた。思いがけない言葉に私はしばしぼんやりとしていた。いや、それは緊張の余りの無感動に似ていたかも知れない。

私は何と答えるべきかを知らず（山田監督が……山田監督が……）と、まるでうわ言のように心の中でくり返していた。何とも言えない大きな波のようなうねりが私を襲った。

もしかしたら対話と言うものは、この語られざるいくつかの「……」の中に、最も深い感動がこもっているのかも知れない。

（北海道新聞日曜版　一九九四年八月二十一日）

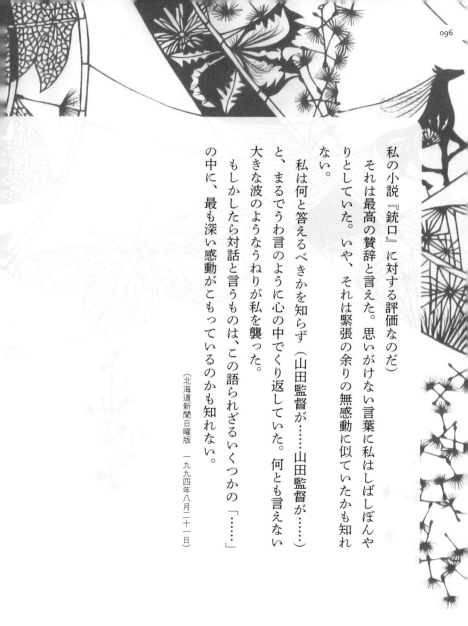

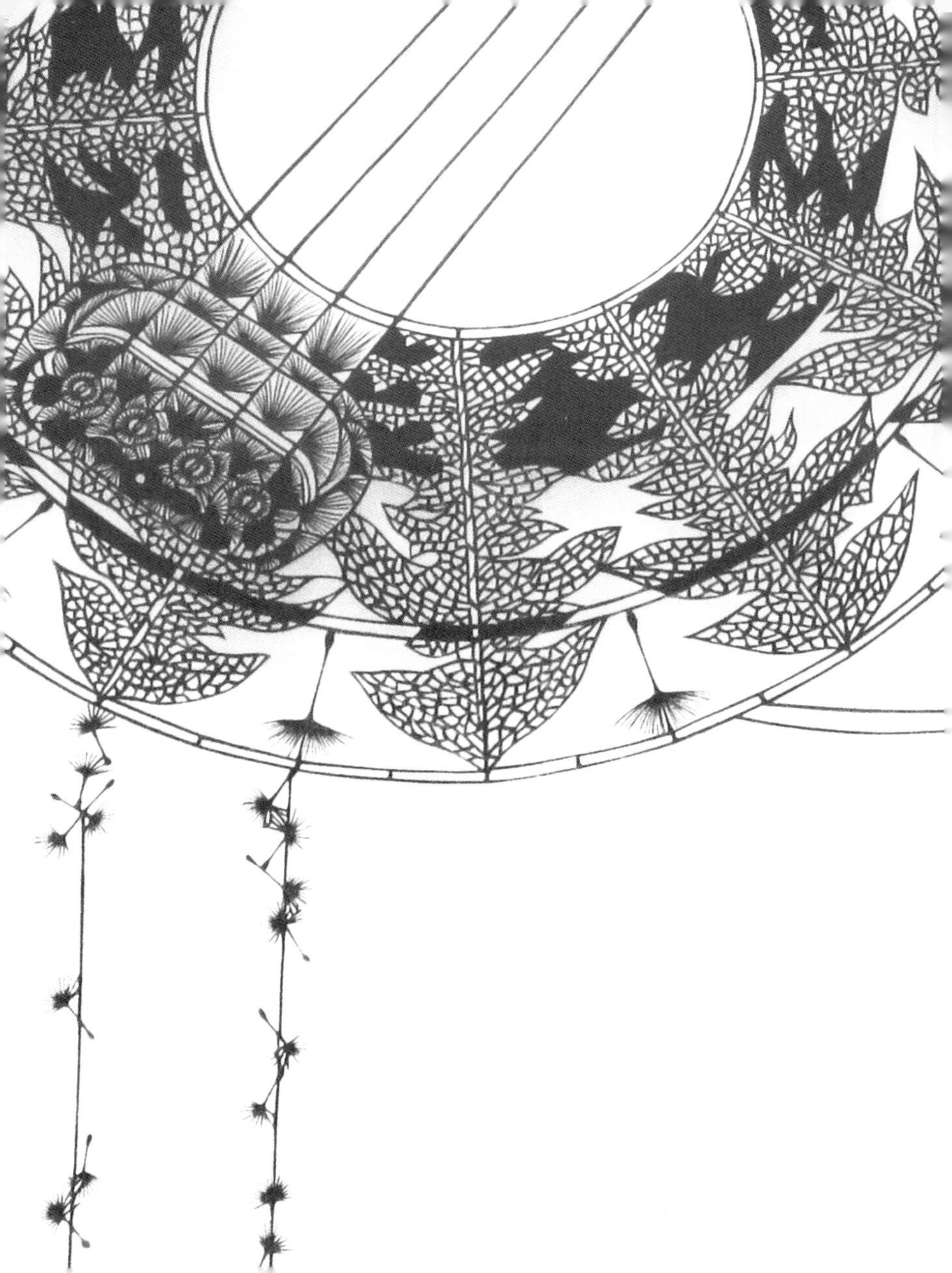

［光世エッセイ］

小説の注文

「三浦さんたちは、小説の筋をお二人で相談されますか」

いつであったか、松本清張氏に尋ねられたことがある。が、妻綾子が物書きになって三十数年、小説の筋について相談したことは全くない。但し、短い提案をしたことはある。一つは小説『氷点』の中に洞爺丸事件を挿入すること、二度目は『銃口』の終盤に注文をつけたこと、この二つである。

『氷点』のほうはうまくいったが、『銃口』は要らぬお節介であった。「面倒だから、早く主人公を満州から旭川に帰してくれないか」と、とんでもないことを言い出して、恥をかいた。編集担当者から、

「昭和二十年のその日、鮮満国境を汽車は走っていませんでした。小説ですからそれでもいいんですが、まだ惜しい材料が残っているはずです」

という電話が入って、あわてて妻は口述のやり直しをし、事なきを得た。

大体妻はストーリーテラーとよく言われる。文学的にどう受け取っていいのか

はともかく、筋の展開はいつも筆記していて感心させせられる。したがって筋の相談をする余地はない。

但し、これはぜひ書いて欲しいと私の注文した作品が妻にはある。『泥流地帯』と『母』である。『泥流地帯』は十勝岳の大爆発による惨害を題材に、人生の苦難について書かせたいと思ったが、「農の生活がよくわからない」と妻はしぶった。『母』のほうは『泥流地帯』以上に尻ごみをして、いっかな手をつけなかった。その経緯は『母』のあとがきにも書かれてある。

「多喜二のお母さんを書くとなると、共産主義にふれることになると思うけれど、わたしは共産主義にうといから、とてもとても……」

と言うのだった。が、私は、何としてもセキさんを書いて欲しくて、かれこれ十年も祈りながら待った。時には妻の机の端に多喜二の文学アルバムを置いたりした。表紙の多喜二の写真を見ているうちに、書く気になってくれるかと思ったのである。

こんなこともあって、妻は遂に書き下ろしてくれたのだが、私の期待以上の作品になり、実に多くの読後感が寄せられた。しかも前進座によって舞台化され、

これまた多くの反響をまき起こし続けている。

一生を顧みて、私はろくな仕事もしてこなかったが、妻に『母』を書かせたことだけは、本当によかったと思ってもいる。

（雑誌「あげ潮」一九九八年一月）

善意ではあっても

私の父が、よく駄じゃれを飛ばす人だったせいか、私は冗談が好きだ。娘時代、長い療養生活をしていたが、私は時折ふざけたものだ。ある時、北大理学部の学生Ｓが結核療養所に入所して来た。Ｓはやや憂鬱そうな美青年であった。私は一計を案じて、男性患者Ｋに医師の白衣を着せ、私は看護婦の服を借りて、Ｓの室に入って行った。

「回診です」

私はナースらしい語調でまじめに言った。Ｓはあわててベッドの上に起き上がった。Ｋがもっともらしい顔をして、Ｓの胸に聴診器を当て、

「はい、息を深く吸って……吐いて……」

と言った。Ｓはかしこまって、言われたとおりに呼吸をした。このお医者さんごっこは、思わずＫの吹き出した笑いで終った。

「すみません、ぼくたちは患者なんです。これはここの療養者の歓迎の辞なんです」

Kの言葉に、Sは初めて笑顔を見せた。たちまちSは、私たちのよい仲間になった。

北大病院に検査のために入院したのは、一九五九年の夏だった。ここでも私の提唱で、半紙大の白い紙に女性の絵を描き、「これは私の彼女です」と添え、受持の医師の背中に洗濯挟みでつけることにした。彼は背の高い、颯爽《さっそう》たる若い医師だった。その彼は、背中にそんな紙をぶら下げられたとも知らず、私たちの室を出ると、隣の男性患者の室に入って行った。患者たちが、わっと笑った。医師は何が起きたのか、わからなかった。

が、こんないたずらをされるのは、親愛の情を示されたのと同じだ。笑いの中に事なくすんだ。北大病院に入院中、毎日のようにこんな遊びをしては楽しんだ。

今度の湾岸戦争で、人々がテロを恐れている真っ最中に、一人の男がビニールの袋を、「爆弾」だと言って、スチュワーデスに示した。先日その結果が出て、彼は示談によって四百万円払う憂き目となった。むろん彼に悪意はなかったのだろうが、冗談を言った時と場所が悪かった。

この爆弾で思い出すことがある。もう十数年前の話だ。私は金を預けに銀行に行った。時間すれすれで、通用門の戸が閉ざされようとしていた。その閉じかかったドアに私は半身を入れて、若い銀行員に、

「銀行強盗！」

と低い声で言った。彼は私の顔を知らなかったらしく、途端に顔を引きつらせた。私はすぐに、「冗談冗談」と笑ったのだが、銀行員にとっては、閉店間際に入って来た客に、たとえ女ではあっても、「銀行強盗」などといわれてはどんなに恐怖を感じたことか。

聖書には〈みだらな冗談をいうな、これはよくないことである〉と書かれてあるが、みだらではなくても、時と場所をわきまえないと大変なことになる。心しなければならない。たとえ善意ではあっても。

夫の名文句

結婚して三十二年、私たち夫婦には子供がいない。が、淋しいと思ったことはほとんどない。二人には、お互いにお互いの子供のようなところがあるからだろうか。

仕事柄、二人はいつも一緒にいる。取材旅行も一緒なら、散歩も一緒だ。二十数年口述筆記をしている私たちは、ひとつ机に向いあって仕事をする。こんなにいつも二人が共にいて、いっこうに退屈しないのはなぜだろう。それは、夫婦の対話が絶えないからではないだろうか。話しかけて答えてくれる相手がいることは、すばらしいことだ。

三浦は時々おもしろいことをいう。わが夫ながら、(うん、これはいい。これは名句だ)と思うことが時々ある。

(北海道新聞日曜版　一九九一年六月二十三日)

その中でも特に忘れられない言葉がある。いつか何かに書いたが、私がものを失くした時だった。「失くした時だった」と書いたが、実は私は、年がら年中捜し物をする。なぜか、必要なものほど紛失してしまうのだ。何しろ「掻きっちらかしのお綾」と、三浦に綽名《あだな》をつけられたほどだから、私の手のつけたところは、すべて雑然となる。毎度ごそごそとものを捜す私の姿に、さぞや苦々しい思いをしているだろうと、身を小さくして捜していた時、三浦が言った。

「ま、失くしても心配するな。必ず地球の上にあるからね」。

その時私は、(これは名文句だ。何とあったかい男らしい言葉だろう。優しいということは、こういうことだ)と感じ入ったものだ。

三浦はまた冗談もいう。大平内閣の時にこんなことを言った。

「今度の選挙は今までよりおおっぴらに金を使ったそうだ。なるほどおおっぴら内閣だ」

時には賢人的なせりふもいう。

「人のことだから気になるのだ。自分のことなら、どんな不都合な欠点も気にならないのだ」

私はいい言葉を聞いたと、早速ノートに記しておいた。

「人はしばしば、どちらでもいいことに固執して、どちらかでなければならないことを見落す」

「闘志は向上に必要だが、敵意は何の向上ももたらさぬばかりか、平和を失わせるだけである」

ざっとこんなふうに、よく私に言って聞かせる。ついこの間も、二人で散歩をしていたら、いつものように「空が美しい」「遠い山並が夢のようだ」「今年はどういうわけか、特別きれいだ」などと言っていたが、ふと足をとめて、

「綾子、こんな美しい景色を、只で見せてもらっていいのだろうか」

と、つくづくと言った。私はその言葉に感動した。考えてみれば、創造主の造られたこの美しい自然を、私たちはなんと当然のように眺めていることだろう。ともあれ、これも三浦の名?文句に入れておこう。

(北海道新聞日曜版　一九九一年七月二十一日)

どこが中心？

四国に住む読者から鈴虫が送られて来た。鈴虫がわが家の住人？となったのはこれが初めてである。暑い夏にこの涼しい声を聞かせて上げようと、わざわざ遠くから送って下さった親切が身に沁みた。今日も昼の食事をしていると、しきりに玄関で鈴虫が鳴く。居合わせた四、五人で虫の話になった。

「秋の虫の名前を、いくつぐらい知っている？」

私が聞いた。

「キリギリス、コーロギ、スズムシ、マツムシ、カンタン……」

などと、名が挙げられた。

「くつわ虫って知ってる？」

大方が知らない。

「馬追虫は？」

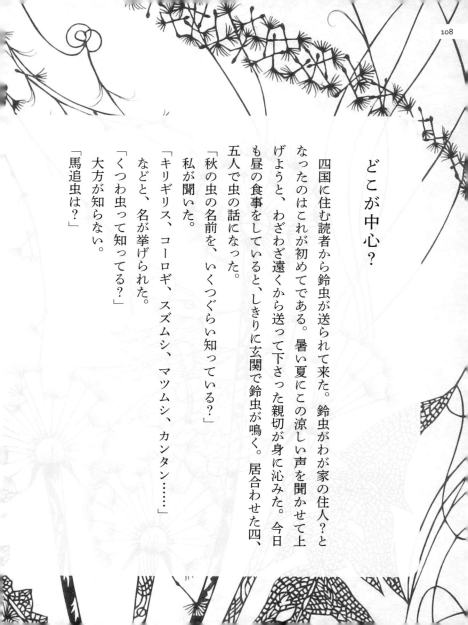

名前だけは聞いているという中に、

「え？ 馬追虫なんていう虫、いるんですか？」

と一人が驚いた。くつわ虫も馬追虫も本州以南にいる虫だそうだ。北海道にいないのであれば、知らなくて何の不思議もない。私は言った。

「くつわ虫も馬追虫も、見たことはないけど、小学校唱歌で習ったよね、『虫の声』っていう歌……『ガチャガチャガチャガチャくつわ虫あとから馬追おいついて、チョンチョンチョンチョンスィッチョン……』」

私がうたうと、

「あれっ！ それ馬追じゃないの。馬追の小父さんだと思って、子供の時からうたってきました」

と、馬追虫を知らないと言った一人が言った。みんなは思わず笑った。日本手拭で頬かむりをした小父さんが、馬と一緒に秋の野原にやって来た。そんな様子を思いうかべて、一心にうたっていた小学校三年のオカッパ姿が目に浮かぶ。彼女は、「今の今まで、虫の名だなんて、ちっとも知らなかった」

と、自分でも笑った。

「『兎《うさぎ》おいしかの山』と同じね。こんな勘ちがいはよくありますよ」

と他の一人が助け舟を出す。「兎おいし」を「兎美味し」とまちがって覚えていた人には、時折ぶつかる。しかし、馬追虫を馬追の小父さんと思っていた人がいるとは知らなかった。兎とちがって、くつわ虫も馬追虫も、北海道の子には全くといっていいほど馴じみがない。この歌は明らかに東京中心の歌なのだ。

私も小学校教師をしていて、この歌を教えた筈だが、この馬追虫やくつわ虫を絵で描いて見せたり、言葉でていねいに教えたりした覚えはない。

とにかく北海道の子供たちは無視されていたようなものだ。それほど東京中心が目についたものだ。単に地理的な東京中心ならばまだしも、またしても何が中心になるかわからぬ近頃の気配に心が痛む。地球の至る所が中心でありたいものだ。

（北海道新聞日曜版　一九九一年八月十八日）

当たり前ということ

その夜、あるパーティが終って、タクシーで帰って来た。車から降りて運転手さんに頭を下げ、家に入ろうとした途端、

「あっ！　手提げ袋を忘れた！」

と、三浦が声を上げた。あわてて三浦はあとを追いかけたが、車は既に五十メートル先の角を曲って行った。

手提げ袋と言っても、安手のビニール袋である。が、中には私のストールが入っている。冷房に弱い私には、なくてはならぬストールなのだ。

私は家の中に飛びこんで、すぐにタクシー会社に電話をした。こう

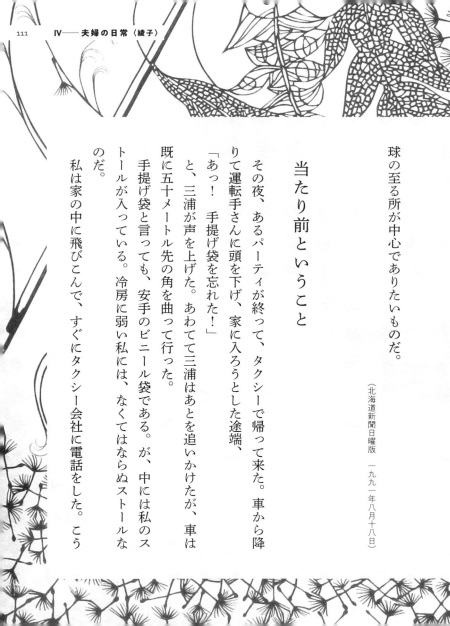

いう時には、いつも同じ会社の車に乗っていると実に好都合だ。

「今、○○さんの車に手提げ袋を忘れました。すみません、無線でお伝え願えませんか」

受話器を置いて間もなく、車は戻って来た。忘れ物のビニール袋を手渡しながら、運転手さんが言った。

「気がつきませんで、すみませんでした」

忘れ物をした私たちに、運転手さんは心から頭を下げた。

「いいえ、忘れた私たちが悪いんです。お手数をかけました」

私たちは改めて車を見送った。三浦が大いに感じ入って、

「気がつきませんで、すみませんでした、とは何とすばらしい言葉じゃないか」

「ほんとうね」

私も運転手さんのすがすがしい態度に感心してうなずいた。が、家に入ってから考えた。運転手さんは客が降りる時、「お忘れ物のないように」と客に注意することになっているはずだから、先程の挨拶《あいさつ》は

当然のことかも知れないとも思った。只、あまりに態度が真実だったから、当然以上に感動させられたような気がした。三浦にそう言うと、

「いや、人間当然のことをするというのは、なかなかできないことだよ。われわれの毎日を考えても、当然謝まるべきところを謝まらないとか、当然感謝すべきところを感謝しないことが、どんなに多いかわからないよ」

言われてなるほどと思った。確かにそのとおりだ。不正に巨額の金が動いていて、それを指摘されても、「知らなかった。秘書のしたことだ」などと言い、裁判の席では「記憶にない」とか、白じらしい答弁をする。

国が国に謝罪するにしても、「まことに遺憾なことであった」「不幸な出来ごとであった」などという曖昧《あいまい》な言葉が使われていて、どうもすっきりしない。人間一人一人が、もし素直に、ごまかすことせず当たり前のことを当たり前にしたならば、この世界はずいぶんと平和で、信頼し合えることになるであろう。ともあれ、当たり前のことを、大

事なこととして生きなければならないと、知らされたことであった。

（北海道新聞日曜版　一九九一年九月十五日）

二人の差

今年の四月で三浦は六十八歳、私は七十歳になる。掛値なしの老夫婦だ。が、この三浦が実に若い。二歳年下とは思えない。大阪のホテルでも、旭川のパーティでも、三浦を見て、「息子さんですか」と聞いた人がいたほどだ。

いったいどうしてこんなに差がついたのか。三浦の一日を見てみよう。起床六時前後。真っ先に排便。そして洗面、ラジオ英語のレッスン、ヨガと、実に規則正しい。洗面時は歯を磨きながら爪先立ちをしたり、踵《かかと》を床につけたりして、ふくらはぎの張るほど上下させる。これが若さを保つにいいと聞いて以来、やめたことがない。

ヨガのポーズは十ぐらいだが、腰をおろし、両脚を百八十度に開いて、体を床に伏せ、両脚を前方に伸ばし、頭を床につけることも楽にできる。腕立て伏せは優に三十回はする。

　これらのあとすぐに仕事に手をつける。読者への返事、礼状その他、仕事はいくらでもある。この冬は、三年程引退していた雪掻きも復活した。

　三浦は朝食を取らない。四十年来の習慣だ。体重は結婚以来四十八キロ乃至《ないし》四十九キロ。鍼灸《しんきゅう》の先生が、背中の若さには驚嘆すると言ったほど張りがある。しかも動作がきびきびとして、自らを「バネ仕掛けの光世」と呼ぶほどに素早い。

　私の朝食後は必ず私にマッサージをしてくれる。全身をていねいに一時間かけてやってくれるのだ。これが終ると汗にぬれたシャツを脱ぎ、乾布摩擦をし、その上タワシでガリガリ皮膚が真っ赤になるほどこする。少々疲れていても、マッサージはほとんど休まない。

　私が口述を始めると、何をさておいても直ちに原稿用紙に向かってくれる。一字一句聞き洩らさじと耳を傾け、原稿用紙の桝目《ます》を埋めていく。一行程は頭に入れ、次の文章をキャッチしながら書きつぐ。松本清張先生に、「それは特技ですよ」とほめられたほどだ。この集中力も若さを保つのに効果があるらしい。

滅多に暇もないが、時に詰将棋を考える。これがまた頭を呆《ぼ》けさせない訓練になる。夕刻ひとしきり歌をうたうことがある。この自然の深呼吸も体にいいのだろう。

これらの間隙《かんげき》を縫って、朝から晩まで多くの人のために祈る。病人、恩人、知人、親戚、友人等々、何百人もの人のためにひそかに祈っているようだ。

とにかくよく動きよく動く。「事物は本質的に運動によって力を生み出す」

これが三浦の口癖。「為《な》せば為しただけ得」ともよくいう。

こんな三浦の傍にいながら、私は仕事柄とはいえ、体を動かそうとすることが少なかった。この度私はまた新しい病気になった。パーキンソン病である。今改めて三浦の生き方を学ばなかった自分のおろかさを悔いている。

（北海道新聞日曜版　一九九二年二月九日）

映像

去年、NHKのテレビに三浦と二人で登場した。わが家の茶の間や、書斎兼寝室や、庭などが映った。それを見た視聴者の一人が手紙をくれた。

「もっと質素に暮らしている人とばかり思ったら、あまりにも豪華なソファがあって、がっかりした」

という抗議だった。

「豪華なソファ？　そんなものわが家にあるかしら？」と私は独り言を言った。わが家には二脚のアームチェアとセットのソファなるものが一脚ある。これは今から二十余年前、今住んでいる家を新築した時、

私のきょうだいたちが、お祝にくれたものだ。それを大事に使っていたが、次第にすりきれて、

「買い替えたらどうですか」

と時々言われるようになった。が、きょうだいたちが心をこめて贈ってくれたソファである。たといすり切れようと、少々歪もうと、買い替える気になどならない。

特に三浦は、物を実に大事にする。その与えられた時の感動をいつまでも忘れない。二十余年前この家を建てた時以来、三浦は入浴する度に、浴室を備えられたことを必ず神に感謝してきた。体の弱い私たちは、二階にもトイレを作ったのだが、夜中このトイレに入る時、これまた三浦は神に感謝の祈りを捧げるという。

貧しい開拓農の家に育った三浦は、内便所があるというだけで、充分にありがたいことなのだ。まして寝室の隣りがトイレなどというのは「大変な贅沢《ぜいたく》」をしているように思うらしいのだ。

ところが、三浦にとっては、まことにありがたいこの家も、見方は

様々、ある時取材に来た記者が言った。

「三浦さんたち、こんな家に住んでいたのですか」

どうやら大邸宅にでも住んでいると思っていたらしい。言われてみれば、確かに人様にお見せできるような家ではない。が、三浦はこの家をこよなく愛している。何しろ三十三年前の結婚の時に作ったダブルの背広を、いまだに着て歩く三浦である。一脚の椅子といえども、安易に買い替えることを好まない。三浦の最も嫌いな言葉は、「使い捨て」という言葉だ。「使い捨て」それは次の孫子に属するものを収奪して憚《はばか》らない考えから発した言葉だというのだ。

かくてわが家のソファは、一度張り替えられて今に至っている。しかし人の出入りが激しく、すぐに汚れが目立つ。それをいたく気にしたわが家のスタッフが、ある時房つきのカバーを買って贈ってくれた。もう十年以上も前のことだ。

そんなソファがテレビに映って、どうやら何とも豪華なソファに化けてしまったらしい。そして、ある人には大きな幻滅を与えてしまったわけである。

ともあれ映像というものは、時に実像と著しくかけ離れて、私たち人間を錯覚させることがあるようだ。

（北海道新聞日曜版　一九九二年三月八日）

幻覚との共存

私の体は、どうやら生きていくのがあまり上手ではない体のようだ。昨年の夏血圧が二百八十にもなって、医者にかかった。今まで千人以上の人に投薬して、一度もトラブルのなかった弱い薬だと、医師は言った。安心して私はその薬を医師の前で服《の》んだ。三十分程様子をみたが異常はない。

が、二日三日とつづけて、四日目ぐらいであったろうか。背中と胸ともに薬疹が出て真っ赤になった。いたしかたなく薬を中止した。

今年になってパーキンソン病になり、薬をもらった。と、間もなく、暗い部屋に行くと紫色の美しい光が見えるようになった。しばらくの間紫の光は私から離れないようになった。

これをさほど気にもとめずにいるうちに、昼夜を問わず私の周辺に二、三人から四、五人の人がいるのを見るようになった。たとえば夜半に目を覚ましてトイレに立とうとすると、部屋の片隅に影絵のような黒い姿が、何かひそひそとささやき合ったり、うなずき合ったりしている。そして部屋を出ようとする私に、音もなく近づいて、彼らも部屋を出ようとするのだ。言ってみれば幽霊のような感じなのだ。にもかかわらず、なぜかその影絵のような存在は、少しも私には怖くはない。時には二、三歳の子供が、かわいいお尻を出してパンツを穿こうとしていたりする。

年齢はまちまちだが、幽霊たちはほとんど男性ばかりである。私がトイレから部屋に帰ると、もう彼らの姿はない。

ある夜目を覚ましたら、枕もとに一人の男が立っていた。私は内心、

（これが幽霊なら足がないのでは……）

と、その足もとを見ると、足はちゃんとあった。日中明るい所で見る彼らの姿は、たいてい私の左手に現われる。そしてホテルのボーイさんのように、忠実に控えているのだ。

これらの現象を医師に告げたところ、「あの薬の副作用に、そんな幻覚が出ることがありますよ。百人に一人ぐらいですがね」

とのこと。何と私は、千人に一人の副作用でも、百人に一人の副作用でも、典型的に出てしまうらしい。

ともあれ、それらの幻を恐ろしがらないということが私を救っている。恐ろしいどころか、なぜか非常にフレンドリーなのだ。守護の天使にも似た優しさ、親しさを感ずるのだ。

三浦に言ったら、

「いや、本来そういうものが見えるものなのかも知れないよ。スイッチを入れたらテレビに映像が映るようにね」

という答が返ってきて、大いに慰められた。もしこの幻覚に好意を感ぜず、悪意や恐怖を感じたとしたら、どんなに辛いことだろう。たちまち身も心も参ってしまうにちがいない。

「さあ、きょうはどんなお化けが出てくるかな」

と楽しみに生きることも、私に与えられた人生なのだ。そんなきょうこの頃である。

（北海道新聞日曜版　一九九二年五月三十一日）

お高祖頭巾

先日、今は亡き俳人藤田旭山先生のご子息尚久氏から、珍しいものが送られてきた。敗戦の翌年、一九四六年に編まれた「旭川女流ゆくはる会」の句集であった。その中に、当時習い始めたばかりの、私の幼い俳句もあった。幼いながらも、旭山先生に選をいただき評をいただいた一句、

お高祖頭巾《こそづきん》かむればおもひ深き夜

があった。これは懐しかった。敗戦の虚無的な生活の中にあった二十三歳の私の、その頃の気持が鮮やかに思い出された。

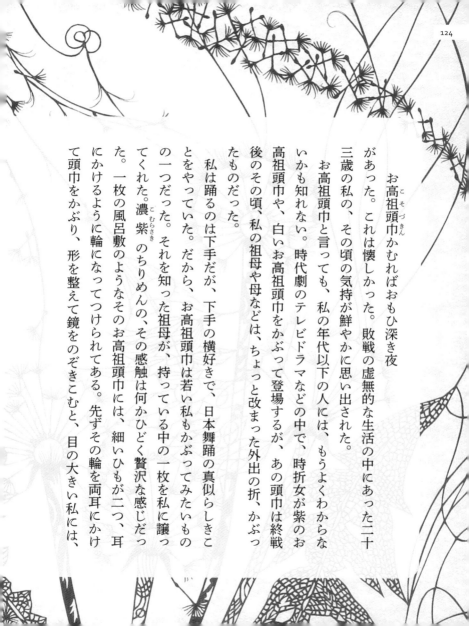

お高祖頭巾と言っても、私の年代以下の人には、もうよくわからないかも知れない。時代劇のテレビドラマなどの中で、時折女が紫のお高祖頭巾や、白いお高祖頭巾をかぶって登場するが、あの頭巾は終戦後のその頃、私の祖母や母などは、ちょっと改まった外出の折、かぶったものだった。

私は踊るのは下手だが、下手の横好きで、日本舞踊の真似らしきことをやっていた。だから、お高祖頭巾は若い私もかぶってみたいものの一つだった。それを知った祖母が、持っている中の一枚を私に譲ってくれた。濃紫《こむらさき》のちりめんの、その感触は何かひどく贅沢な感じだった。一枚の風呂敷のようなそのお高祖頭巾には、細いひもが二つ、耳にかけるように輪になってつけられてある。先ずその輪を両耳にかけて頭巾をかぶり、形を整えて鏡をのぞきこむと、目の大きい私には、意外と似合うようであった。しかも欠点である鼻の下の長い部分がかくれて、頭巾を脱いだ私の顔より、いささかよく見えた。

ある時、それをかぶって雪道を歩いていたら、十四、五歳の少女たちが、

「お高祖頭巾だあっ！」

と、うしろから駆けて来て前にまわり、私の顔を見るや否や、

「うわあ、素敵だあっ！」

と言った。あまり器量のよくない私は、そんなことを言われて大いに気をよくした。

それはともかく、私は自分の部屋に只一人、お高祖頭巾をつけて坐っていると、自分の心の中に静かに沁み通ってくる何ものかを感じたものだ。それは、若さ故の軽薄な想いや、世をすねているような依怙地《いこじ》な思いが、次第に融けていくような気持だった。自分の心の底に、自分の知らぬ深い淵のようなものがあるのを感じた。私にとって、それは少なからぬ自己発見であった。そして、人間とは何といささかのこ

とに影響されるものかと感じたものだ。お高祖頭巾をかぶった時の自分と、洋服に着替えて、おかっぱ頭をむき出しにした時の気分では、ずいぶんとちがった。

人間という者は、洋服を着たか、着物を着たか、下駄を履いたか、ぴかぴかの皮靴を履いたか、そんなことぐらいで、たやすく影響される存在だということを、私は知らされたのかも知れない。正月に衣服を改めるということの奥深さも、納得できる気がする。そんなことを古い俳句から、思い出した次第である。

（北海道新聞日曜版　一九九三年一月十七日）

藤田旭山（きょくざん）…１９０３～１９９１年。士別市生まれ。大正期に旭川市に移住し、旭川工業高校教諭も務めた。旭川俳壇の草分け的な存在であり、市内に句碑が立っている。

郵 便 は が き

料金受取人払郵便

札幌中央局
承 認

6435

差出有効期間
平成31年12月
31日まで
（切手不要）

0 6 0 - 8 7 5 1

8 0 1

（受取人）
札幌市中央区大通西3丁目6

北海道新聞社 出版センター
愛読者係
行

お名前	フリガナ	性 別
		男 ・ 女
ご住所	〒□□□-□□□□ 都道府県	

電話番号	市外局番（ ） －	年 齢	職 業
Eメールアドレス			

読書傾向	①山 ②歴史・文化 ③社会・教養 ④政治・経済 ⑤科学 ⑥芸術 ⑦建築 ⑧紀行 ⑨スポーツ ⑩料理 ⑪健康 ⑫アウトドア ⑬その他（ ）

★ご記入いただいた個人情報は、愛読者管理にのみ利用いたします。

愛読者カード　信じ合う　支え合う　三浦綾子・光世エッセイ集

本書をお買い上げくださいましてありがとうございました。内容、デザインなどについてのご感想、ご意見をホームページ「北海道新聞社の本」http://shopping.hokkaido-np.co.jp/book/の本書のレビュー欄にお書き込みください。

このカードをご利用の場合は、下の欄にご記入のうえ、お送りください。今後の編集資料として活用させていただきます。

〈本書ならびに当社刊行物へのご意見やご希望など〉

■ご感想などを新聞やホームページなどに匿名で掲載させていただいてもよろしいですか。（はい　いいえ）

■この本のおすすめレベルに丸をつけてください。

高（５・４・３・２・１）低

〈お買い上げの書店名〉

都道府県　市区町村　書店

■ご注文について

北海道新聞社の本はお近くの書店、道新販売所でお求めください。
道外の方で書店にない場合は最寄りの書店でご注文いただくか、お急ぎの場合は代金引換サービスでお送りいたします（1回につき代引き手数料230円。商品代金1,500円未満の場合は、さらに送料300円が加算されます）。お名前、ご住所、電話番号、書名、注文冊数を出版センター（営業）までお知らせください。

【北海道新聞社出版センター（営業）】電話011-210-5744　FAX011-232-1630
電子メール pubeigyo@hokkaido-np.co.jp
インターネットホームページ　http://shopping.hokkaido-np.co.jp/book/

目録をご希望の方はお電話・電子メールでご連絡ください。

なお一つを欠く

パーキンソン病という聞き馴れない病気になってから、もうかれこれ二年近くなる。しかし私はまだ、この病気に馴れてはいない。むろん万事不器用な故もあるが、突如として手が震え出したり、足が震え出したり、ちょっと立ちどまった途端に、大地にべったりと足の裏を糊付けされたように動かなくなったりするこの病気には、どうにも手の下しようのないところがある。馴れ合いということのできない病気なのだ。

例えば、靴下を履くのに十分もかかることが珍しくない。手がのろのろとしか動かない。かたつむりでも屈みこんで見るような、のどかな気持で見ていなければ、本人も傍《はた》の者もいら立ってしまう。ボタンをはめることも、これまたむずかしい。何としてもボタンが穴にはまらないのだ。

それがある日、突如としていともたやすくボタンをはめていたり、何秒もかからずに靴下を履いている自分に気づいたりする。が、喜んだ次の日、また元の木阿弥になっていたりする自分に気づく。

そんな私を、朝から晩まで介護してくれるのが三浦である。いや、起きている間だけでなく、夜中に二、三度私に起こされて眠りを妨げられることは毎夜のことだ。で、彼は、毎日飽きずにアドバイスしてくれる。突如足がすくんで、身動きできない私に対して、「進もうとする反対方向に足を引いて見よ」とか、「姿勢を正して、膝を真っすぐにしなければ、治すことは無理だ」とか言って、励ましてくれる。散歩に私を連れ出し、共に歩く時も、「踵をしっかり地につけ、蹴上げるような調子で歩け」とか、きびしく注意してくれる。

「必ず治るぞ。希望を持て。薬にだけ頼っていては駄目だ。毎日の生活をリハビリと心得て、意識的に絶えず体を動かせ。指先でも目の玉でも間断なく動かすこと」

近頃、パーキンソン病のリハビリについての記録したものを頂いた。

読んで見ると、何と三浦が私に言って聞かせる言葉と、ほとんど同じではないか。三浦は今まで、この病気の介助法を何も読んではいない。

「光世さん偉いわねね。リラックスさせることが大事ということ以外、みな当たっているわ」

三浦は深くうなずいて、

「そうか。聖書に〈汝なお一つを欠く〉とある。最も大事なことはわからぬものだな」

と言った。


（北海道新聞日曜版　一九九三年五月二十三日）

誤解

近頃私はこんな噂を伝え聞いた。

「三浦綾子さんは、別荘をお持ちなんですってね」。「えーっ⁉」と私は思った。

「別荘」という言葉に、人はどんなイメージを抱くだろう。広い明るい芝生、あるいは深い木立の中の大きな山荘などが、平均的「別荘」のイメージではなかろうか。

私の持っている「別荘」なるものは、車庫の陰に隠れてしまう程度の家で、四畳半二つ、それに十一畳のリビングキッチンがすべての木造平屋である。二十五、六年前、住んでいた弟が「転任するので買って欲しい」と言われ、六十坪の土地付き百万円で買ったものだった。とても「別荘」などと言えるものではない。人の噂というものはおもしろいものである。きれいな空気と、静かな環境は確かに一流の別荘地に匹敵するかも知れない。ここを一時期仕事場として使っていたが、時間と体力も許さなくなり、いつしか人に貸したり、資料置場とするようになった。

ところでこの「別荘」？で、ちょっと誤解を招いたことがあった。その一つは、仕事場として使っていた時、昼飯を食べに近所の食堂に入った時のことである。正午少し前、三浦と私は肩を並べて食堂に入ったのだが、店の人が威勢よく、「いらっしゃい!」とは迎えてくれない。どうしたのかと思いながら、翌日も翌々日も同じ店に行ったが、どうもぎこちない。あとで分かったことだが、どうやら二人が朝帰りの不《ふ》埒《らち》な一組に見えたらしいのである。

似たようなことがもう一つあった。仕事場の水道の修繕を頼んだ時、三、四人の男性達が床下を掘って何やら一心に働いていた。私たちが挨拶をしても、ろくに返事もしない。正午になってお茶を淹《い》れた。お茶を出しても、皆むっつりとして弁当を広げている。仲間同士でもほとんど口を利かない。おそろしく無口な人が揃ったものだと思ったが、彼らが帰ってから、はっと気づいた。家の中を見まわしても、箪笥《たんす》もなければ茶箪笥もない。下駄箱もなければテレビもない。内心「この二人は何者だろう」という疑念が湧いたにちがいない。スチールの本立に本が並んでいるだけで、カレンダーもなかった。

彼らは私たちの関係を尋ねあぐねて、うっかりしたことは言えないと思ったのだ。どう見ても夫婦には見えない。世の中、物事を目の前にしながら、その真実が見えないこともあるようだ。

（北海道新聞日曜版　一九九三年八月十五日）

夜の訪問者

電話のベルが鳴った。八時半になろうとしている。三浦が受話器を取った。どうやら若い男性らしい。「二十三歳？」と三浦の聞き返す声がした。電話の主は、私に会いたくて旭川までやって来た読者とのこと。今夜は友人の家に泊まるという。急に会ってくれと言われても、こちらの予定は一杯詰まっている。やむなく、「今すぐなら十五分位時間を取れる」と三浦が答えた。私は困惑した。私は実に臆病者なのだ。夜、見知らぬ客を迎えることに躊躇する。小説を書き始めた頃、若い学生が夜中の二時、大きくエンジンをふかし、車でわが家の前を何度も行ったり来たりした。二階の窓のカーテンの陰からそっと見おろすと、若者がじっと見上げているではないか。やがて車はまた大きな音を立て、百メートルも走ったかと思うと、また戻って来て窓を見上げる。あまりに無気味で一一〇番をしたことがあった。以来、極端に夜の客を、特に男性の客を恐れるようになった。近頃では、作家がいきなり刺された例もある。

「用心するといいわよ」

私はまだ見ぬ訪問客に怯えながら三浦に言った。二十分程して玄関のブザーが鳴った。三浦が玄関のドアを開けた。ワイシャツ姿の若者が居間に入って来て言った。

「やあすみません。ぼくはＥと申します。夜分にどうも」

白い歯並びが清潔だった。さわやかな印象だった。不穏分子の影は全くなかった。

「Ｅ？」

韓国人か、中国人と思える名前に、三浦は聞き返した。

「はい、ぼくは韓国人です。ぼくの祖母が、戦争中強制連行で日本に来ました。そしてそのまま日本に住みついたのです」

聞いた途端に、私の目から涙が噴き出た。

（そうか。この人のおばあさんも、例の強制連行の憂き目を見たのか）

E君は三浦に問われるままに言った。

「父はいません。母と別れました。……ええ、ぼくは韓国語を知りません」

こだわらぬ声だった。私はニュー北海ホテル特製のアイスクリームを、彼の前においた。彼はいかにもおいしそうに食べていたが、半分食べると、きっちりと蓋をした。

「あら、お嫌い？」

驚く私に、彼は言った。

「いいえ。あんまりおいしいから、車を運転して来てくれた友達に半分分けてやります」

またしても私の目から涙がこぼれた。私は別に一つを持たせて彼を帰した。

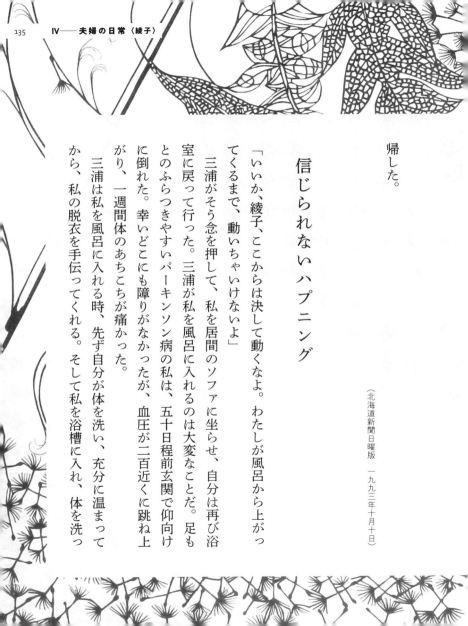

（北海道新聞日曜版　一九九三年十月十日）

信じられないハプニング

「いいか、綾子、ここからは決して動くなよ。わたしが風呂から上がってくるまで、動いちゃいけないよ」

三浦がそう念を押して、私を居間のソファに坐らせ、自分は再び浴室に戻って行った。三浦が私を風呂に入れるのは大変なことだ。足もとのふらつきやすいパーキンソン病の私は、五十日程前玄関で仰向けに倒れた。幸いどこにも障りがなかったが、血圧が二百近くに跳ね上がり、一週間体のあちこちが痛かった。

三浦は私を風呂に入れる時、先ず自分が体を洗い、充分に温まってから、私の脱衣を手伝ってくれる。そして私を浴槽に入れ、体を洗ってくれ、温まったところで、私に衣服を着せ、ソファに坐らせてくれる。そしてまた三浦は風呂場に戻るのだから、大変なのだ。私の背を流している間でも、いつうしろに転倒するか心配で、絶えず注意を払う。

そんなわけで、その夜風呂から上がった私はガウンも着せてもらい、言われるままにソファに坐っていた。が、五分六分と経つうちに、粉ミルクを飲もうと台所に立って行った。動くなとは言われたが、何の障害物もない台所なら心配はあるまいと、たかを括ったのだ。

ところが流し台の引出しを引いたまではいいが、体の平衡を失って倒れてしまった。引出しをあけ、床に倒れるまでは、数秒とかからなかった筈だ。が、その僅かな時間が私には全く記憶がない。いつ目をつむったのか、その目を開けた時私は驚いた。なんと私は、台所の真ん中のテーブルの真下に、仰向けに倒れていたのである。

(どうしてどこにもぶつからず……)

テーブルには四本の足があり、椅子が三つテーブルに向っている。椅子とテーブルの足を合わせると十六本、しかし私はそのどれにもぶつからず仰向けに倒れていたのだ。

私の呼ぶ声に、三浦は裸のまま飛んで来た。そして助け起こしてくれた。

私の体はどこも痛くはない。怪我はないとわかって三浦は言った。

「いったい、どうしてこんな形でテーブルの下に倒れることができたんだ?」

聞かれたが私にも全くわからない。奇跡のようなことだった。どんなに説明しようとしても、説明のできない、信じ難いことが私たちの人生にはあるということか。とにかく恐ろしいハプニングであった。

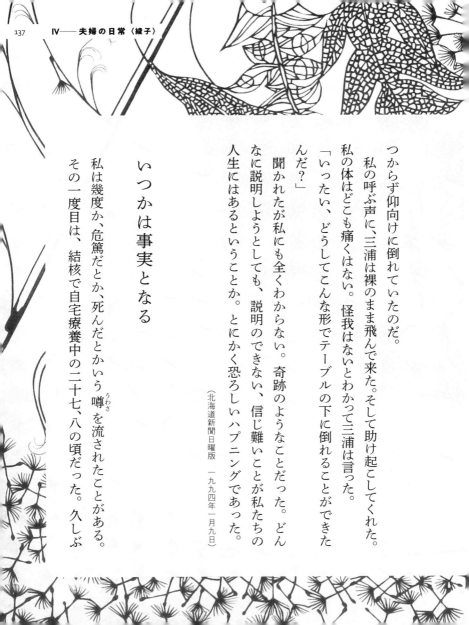

（北海道新聞日曜版　一九九四年一月九日）

いつかは事実となる

私は幾度か、危篤だとか、死んだとかいう噂《うわさ》を流されたことがある。

その一度目は、結核で自宅療養中の二十七、八の頃だった。久しぶりに療友のT子さんが訪ねて来た。声を聞いて玄関に出て行くと、花を手に立っていた彼女が、私の顔を見て、はっとしたように一歩引き下がって言った。

「あーら、生きていたの？　あなたが一カ月前に死んだと聞いてお参りに来たのよ」

花を差し出して、彼女は泣き笑いの顔を見せた。いきなり仏前に供える花を差し出された私は、ちょっと驚いたが、その正直な挨拶に笑ってしまった。

二度目は今から三年程前の夜のこと。関西在住の親しいK牧師からの電話だった。

「三浦さん、あんたの危篤説が流れてるんやけど、いったいどんな具合なんや。実はね、うちの教会に若い女性の信者がいてね、通信社勤務なんやが、三浦さんの死亡記事の準備がなされているそうや」

私は呆《あき》れて言った。

「先生、残念ながらこのとおり、わたしまだ当分死にそうもないわ」

「ほうかあ。それで安心した。しかし、どこからこんな話が出て来たんかね。よほど弱ってるんやないかと、心配したんやで」

これはこれで無事終った。三度目はついこの間のことである。暮れも押し迫ったある日、いつもわが家に親しく出入りしているM子さんから電話がきた。どうやら、三浦綾子危篤説が流れているらしく、ある報道関係者から、

「三浦さん、今度は危ないらしいね。何かあったら、すぐ知らせてくれませんか」と言われたという。

「お変りないですよね。そんな筈ないって、わたし言っておいたんだけど……」

彼女の声は憮然《ぶぜん》としていた。そこでその噂の原因を考えてみた。はたと思い当たることが一つあった。クリスマスイブの夜八時頃、近くのめぐみ教会の会員二十名ばかりが、キャロリングのため一団となって、ひしめきながらわが家の玄関に入って来た。多分、たまたま通りかかった人がそれを見て、さては一大事!と感じ取ったのではないか。

それはともかく、今後幾度こんな噂を流されることか。やがてはそれが単なる噂でなく、事実となる日が来るのであろう。そしてその日は、神のみぞ知る。安心してその日を待つことにしたいものだが……。

（北海道新聞日曜版　一九九四年二月六日）

いやがらせ電話

昨年夏頃から、しきりにわが家にかけてくるいやがらせ電話がある。初めは全く無言電話だった。私は難病（パーキンソン病）のために耳が遠くなったので、電話に出るのは主に秘書か三浦である。だから二人からの取次を聞くだけなのだが、やはり感じのいいものではない。時には一夜に十回も二十回もかけてくる。三浦が受話器を取る。そしてすぐに受話器を置く。受話器を取った途端に切れているというのだ。

真夜中の一時二時に、延々とかけてくることもある。男性か女性かもわからなければ、老人か若者かもわからない。遠くからか、近くからか、それもわからない。

ところがある日、相手が口を利いた。三浦が電話に出た時であった。

「どうやったら死ねるんです。死に方を教えてください」

中年の女性の声であった。地域的な訛《なま》りはなかった。

「よく生きた者が、よく死ぬことができると聞いていますが……」

「生きることなんて、どうでもいい。死ねばいいんです！」

相手は吐き出すように言って電話を切ったという。私はほっとした。対話の道がひらかれたと思った。が、そんな生やさしい相手ではなかった。再び幾日も無言電話に戻り、たまに暗い声で言葉を発する。

「ふん、きれいごとばかり言って！」

「死ねばいいんだろ、死ねば！」

「罪つくり！」

「女房の七光り！」

こんな言葉を時に浴びせて、今年一月、

「今度こそ死んでやるから、安心しな！」

と言ったあと、彼女からの電話は絶えた。やはり本当に死んだのではないか、何ともやり切れない思いになった。私たちにそんな電話をかけてくる以上、何か恨みを持っているのだろう。あれこれ思いめぐらしてみたが、心当たりもない。私の小説やエッセイを読んで、自分のことを悪く書かれたと思いこみ、怒って手紙を書いてきた人は、今までにもあった。それにしてもしつこ過ぎる。さて、死んだかと思ったが、何日か経ってまた電話がきた。

（ああ、まだ生きていた）そして思った。（いやがらせ電話でストレスが解消するなら、お役に立って上げようか。電話をかけないまでも、人間お互い似た思いを抱いているのだから）と。

（北海道新聞日曜版　一九九四年三月六日）

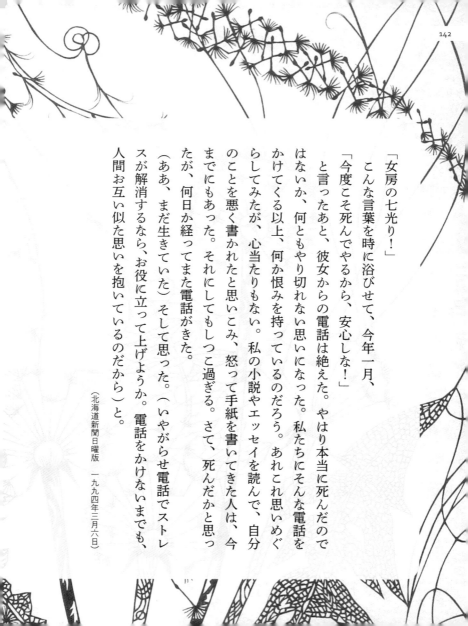

「男はつらいよ」三浦家版

午後五時半を過ぎると、スタッフは皆帰って、家の中は私と三浦の二人だけになる。夕食はスタッフの一人がおおよそ調えてくれる。ご飯は炊飯器のスイッチを入れるだけ。みそ汁はガス台であたためればOK。

というわけだが、実際に二人が食卓に向かい合って食事を始めるまでには、三浦の仕事はけっこうある。炊き上がったご飯をかきまぜたり、みそ汁やおかずを盛りつけて食卓に並べたり、案外時間を取る。焼き魚がメインの日は特に大変だ。三浦は肉の厚い部分と薄い部分を平均に焼き上げるので、魚から目を離さない。そして焼き魚には大根おろしがつく。これも食べる間際にすりおろすのが三浦の仕事である。

妻の私が一緒にやればよいのだが、パーキンソン病でテーブルの下に転倒したり、玄関で仰向けに倒れて、壁に頭を打ったりした私を、三浦は決して手伝わせない。私は三浦が準備をする間、ソファに寝そべって居眠りするか、三浦の立ち居を眺めるだけである。

昨日の夕食は塩鮭を三浦が焼いてくれた。これも皿にのせてからがひと仕事だ。三浦は虫眼鏡を片手に、一枚一枚その身をほぐし、小骨を一本たりとも見逃すまいと、点検して私のために用意してくれる。これも難病の私の嚥下《えんか》力がとみに衰えたためである。何とも涙ぐましい努力だ。

夕食は三浦が私の半分の時間ですます。「早飯、早〇〇、早仕事」という諺《ことわざ》があるが、三浦は意識的に早く食事をすませるのではなく、夕食後の夜業に時間を使おうとしているのだ。朝から夕刻まで、私のマッサージやら口述の筆記やら、忙しく立ち働いた上に、夜業をして手紙の整理、その他案件の処理をしようというのである。

夜は大体十一時前後に就床となるが、三浦は私の着替えを助け、横臥させ、ふくらはぎを揉み、夜の祈りを捧げてようやく消灯となる。さてそれからが大変。身の縮む思いを私は毎夜繰り返す。足がだるくなる、腰が凝ってくる、どこかが痒《かゆ》い、尿意を催す等々、その度に三浦を起こしてその手を借りねばならない。昨夜など六回も介助してもらった。しかし三浦は決まって「只起きるだけのこと、こっちはどこが痛むわけでもない。遠慮するな、一番辛いのは病人だ」と、どこまでも優しい。ああ私は、一体何と答えたらいいのだろう。

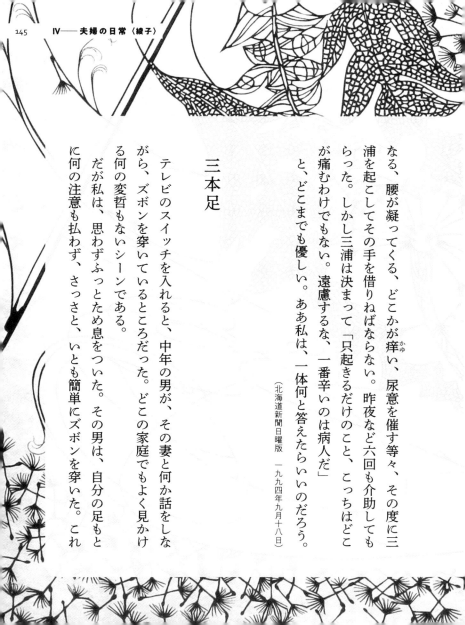

（北海道新聞日曜版　一九九四年九月十八日）

三本足

テレビのスイッチを入れると、中年の男が、その妻と何か話をしながら、ズボンを穿いているところだった。どこの家庭でもよく見かける何の変哲もないシーンである。

だが私は、思わずふっとため息をついた。その男は、自分の足もとに何の注意も払わず、さっさと、いとも簡単にズボンを穿いた。これはパーキンソン病の療養をしている今の私には、実に驚くべきことなのである。足もとのふらつきやすい私は、毎日三浦にズボンを穿かせてもらう。三浦は、ズボンに足を入れやすいように、私の前にズボンを差し出す。私はそのズボンを見ながらも、すぐには足が動かない。右足を入れればいいとわかってはいても、その右足がどうしても上がらない。待ちかねて三浦が、

「さあ、左足を上げて」

と促す。そこで初めて私は、自分の上げるべき足が右足ではなく、左足だと気づく。重心を右足に置きながら、右足を上げようとしたり、重心を左足に移したまま、左足をズボンに入れようとする。自分のまちがいに気づいても、そう簡単には左右の足が動いてくれない。私は一心に、三浦の差し出しているズボンを睨む。

こうして、左右の足が、やっとズボンにおさまる。これが私の毎日なのだ。この三歳の童児にでもできることが、私には容易にできない。その上厄介なことに、私は近頃自分の足が二本の外にもう一本、私の

足の右または左についているような錯覚をおぼえるのだ。

だから、差し出されたズボンに足を入れる時、どの足を真っ先にズボンに入れるべきかを思い悩む。左右の足が無事におさまって、初めて私は自分の足が二本であったのを納得する。

「そんな馬鹿な」と、人は言うかも知れない。確かに馬鹿な話だ、愚かな話だ、と私自身も思う。だが性凝りもなく、ズボンを穿く時三本足に悩まされるのである。

ところでこの頃私は、二本足を三本足と思いこむのは、私一人ではないのではないかと思うようになった。あるものをないと思い、ないものをあると思う……どこの世界にもあることではないか、と思うようになったのだ。

わけても永田町界隈では、固い公約も、非の打ちどころのない憲法も、こんな扱いを受けているのではないか、と思うのだ。この世には、到底考えられないような、意外な錯誤もあるようだ。

（北海道新聞日曜版　一九九四年十一月十三日）

［光世エッセイ］

見本林と文学館

一九九八年六月十三日、三浦綾子記念文学館がオープンした。場所は旭川市神楽の「外国樹種見本林」である。

この林は通称「見本林」といわれてきた。美しい林である。私が初めてこの見本林に行ったのは、確か一九五六年のはずである。旭川営林署から旭川営林局（現北海道森林管理局上川中部森林管理署）に転勤して間もなく、上司の熊谷猛哉氏から、

「三浦君、見本林に行ってみたか。きれいな林だから、一度行って見るといいよ」

と言われた。この熊谷氏は、私が十六歳の時、中頓別営林区署毛登別伐木事務所の検尺補助に採用してくれた方で、以来大変おせわになった。いわば恩人の一人である。

氏の言葉に従って、ある日私は昼休みに見本林に一人で行って見た。勤務先から歩いて十分とかからぬ所に見本林はあった。なるほど静かな美しい林である。

ストローブ松の一画が私には特に印象的であった。

（堀田さんは、この林に来たことがあるだろうか）

私はその時、すぐにそう思った。堀田さんというのは、堀田（妻の旧姓）綾子のことである。前年の一九五五年六月十八日、私は初めて彼女の病床を見舞い、その後度々訪問していた。見本林に行った後、

「堀田さんは、見本林に行ったことがありますか？」

私は尋ねてみた。小学生のころに一度、女学生の時に一度、遠足で行ったことがあるという。それを聞いてからというもの、私は何とかして彼女を再び見本林に立たせたくなった。それまでも、彼女が癒されるようにと、ずいぶん祈ってはいた。肺結核と脊椎カリエスで、ギプスベッドに釘付けの身である。療養十年目、誰の目にも快復は困難と見られていた。が、私は自分の命と引替えになっても、彼女が癒されることを望み、事実彼女の前で、そのように祈ったこともあった。

見本林に行くようになってからは、「この林に再び彼女が立てる日が来るように」と、更に祈った。むろん、祈っていたのは私だけでなく、彼女のためには多くの人の祈りが捧げられていた。そして遂に十三年の闘病を終えることになり、

私と結婚するに至った。

これらの経緯は、彼女が自伝『道ありき』に書いているとおりである。正に奇蹟的な快復であった。もっとも、結婚当初は五百メートル以上は歩きたがらなかった。そんなわけで見本林行きは、結婚翌年であった。二人はおにぎりを携え、林を抜けて美瑛川のほとりに立ち、念願の日を与えられたことへの感謝の祈りを捧げた。さわやかな初夏の一日であったと記憶する。

その後、一九六三年一月、厳寒の見本林に二人は行くことになる。朝日新聞の懸賞小説に彼女は応募することになり、小説の舞台に見本林を選んだわけである。寒い日であった。林の中の土手に上ると、小学生たちが五、六人、カラスの死骸をキャッチボールのように投げあって、遊んでいた。

「かわいそうだから、雪の上に並べてあげてね」

妻が言うと、子供たちは素直に「ハイ」と答えて、幾つものカラスの死骸を土手に並べた。その日は零下二十度をはるかに超えていたのであろうか。ある段階まで気温が下がると、カラスも凍死するという。

子供たちに別れを告げ、土手を下りかけた時、中の一人が言った。

「小父さんたち、どこの人？　テレビの人？」

子供の目にも、どうやら夫婦に見えなかったらしい。妻は、

「うれしいことを言ってくれるわね」

と言った。まさか『氷点』が映画化され、見本林でロケがなされることになろうとは、夢にも思わぬことであった。

が、『氷点』はテレビドラマになり、舞台劇にもなった。映画になったのは一九六五年頃であったろうか。山本圭、若尾文子、安田道代等の俳優が来旭、見本林においてのロケもなされた。テレビドラマは帯ドラで、かなり長期間にわたって放映された。俳優は芦田伸介、新珠三千代、内藤洋子等が出演し、人気を呼んだ。その頃、私たちの家にはテレビがなかったので、近くの妻の父母の家に行っては見ていた。なお、このテレビドラマは、ロケはなく誰も旭川には来ていない。

見本林の実景は所どころ挿入されていたような気もするが、思い出せない。

とにかく見本林の存在はありがたいことであった。極端な話だが、もし見本林がなかったら、あってもその存在を知らなかったら、『氷点』はもっとちがった作品になっていたか、あるいは入選もしなかったかも知れないと思う。

その見本林に、文学館まで建てていただいたわけで、まことにありがたき極みである。見本林は国有林である。その中に、いくら小説の舞台になったからと言って、文学館のようなものを建ててもいいのか、どうか。これは初めてのケースでもあり、当局の方々にたいそう迷惑をかけたと思う。建設をめぐって、かなりの時間を費やしたとのこと、改めて恐縮感謝している次第である。

ともあれ、見本林はいい林である。この見本林開設百年の年に記念文学館ができたことも、何と言ってよいか言葉もない。

今年になって聞いたことだが、見本林にはエゾリスのほか、キタキツネもいるとのこと、十九ヘクタールの林の中、もっとゆっくり妻と散策してみたかったと思う。

林の中には桑の木もある。桑の木は外国樹種ではない。自然発生的に生じたものであろう。ある夏、まだ熟さない真赤な桑の実を見かけたことがあった。桑の実は初め緑がかった白い色をしていて、やがて赤くなり、最後には真っ黒になる。真っ黒になると甘くてうまい。

山の畠の　桑の実を

小籠に摘んだは　幻か

童謡の「赤とんぼ」を思い出させる味である。子供の頃、よくこの桑の実を食べたものだ。この桑の木が見本林にあることもうれしい。

私は下手ながら短歌をかじった。見本林で何首か詠んだはずであるが、歌集に収録しているのは僅かに三首である。

雪の音近づきてひるを暗む林山鳩の声何時しか止みぬ

雪虫の舞ふ松林出でくれば胡桃《くるみ》林の急に明るし

秋日透き明るき胡桃林なり根方深々と笹生の茂り

見本林の一画には胡桃林もある。胡桃も外国樹種ではないが、いつの頃からか造成したのかも知れない。深い笹原に植えられていて、この胡桃林の見える辺りであったか、土手の上で読書をしている青年を見かけたと言ったのは、誰であったろう。妻のような気もするが、今となっては確かめる術もない。

このほか、土の上に張り出した木の根、幹に絡まる蔦《つた》、さびたの花など私にとって魅力を覚える風物が多くある。超多忙の生活が落ちついたら、文学館にはむろんのこと、もっと見本林の一つ一つを注目してみたいと願いつづけている。

手当ての効用

辞典を見ると、「手当て」の語にはいろいろな意味合いがある。ここに取り上げる「手当て」は、文字どおり体の痛い箇所や不快な部分に手を当てることである。

一九五九年、私たちが結婚した時、青木楽峰という方が、新居に訪問してくださった。同じ教会の大先輩であった。当時八十代も半ばの年齢であられたと思う。この方は「児《まもる》」という珍しい名前であったが、声楽家であり、楽峰と号していた。若い時は特に美声の持主であったらしく、一世をふうびしたプリマドンナ三浦環の相手役になって欲しいと言われたという。

この青木氏が私たちの新居に来てくれたのである。新居とはいっても、家主の本宅の棟続きの、物置を改造したひと間の家で、手を伸ばすと天井に手が届き、九畳間という変則的な家であった。

(三浦綾子記念文学館館報「みほんりん」第十七号 二〇〇〇年三月二十五日)

青木氏はこの家に来て、私たち夫婦に手当てについて説明してくれた。どこか体の具合の悪い時は、必ず手を当て合うようにと勧めてくれたのである。

「医師に往診を頼んだ時など、医師が来るまでの間、病人の患部に手を当てているとよいですよ。むろん、人間のすること、万能ではありませんが、相当の力になります」

とも言われた。氏はまた、手を当てる時、場合によっては患部から少し手を離したほうがいいこともあると言った。いわゆる「手かざし」である。どのような時に手を離すほうがよいか、という問いに、それは曰く言い難いことで、ひと口では説明できないとのことだった。

これらのアドバイスを聞いた私と綾子は、暇さえあれば、お互いの凝った肩や背中などに手を当てるようになり、すっかり癖になった。教会での礼拝中にもよく手を当て合った。これを見たある婦人は、

「何も教会へ来てまで、仲のよいところを見せつけなくてもいいじゃないの」

と苦情を言った。べたべたしていると誤解されたのである。こんな誤解はほかにもあった。綾子が小説を書くようになり、網走や阿寒に取材旅行に出たことが

あった。この時、同行した挿絵担当の小磯良平画伯が、

「あの二人、何とかなりませんかなあ」

と、朝日新聞の担当者にこぼしていたという。年甲斐もなく人前でいちゃついて、何とも見苦しいと思ったようである。ひとこと訳を言い、諒解を得てから手を当て合うべきであったが、とんだ失礼をしていた。私たち夫婦は、並んで坐っているだけで、

「仲がいいんですね」

と編集者に言われたことがある。只でさえそんな調子で、誤解されるのも当然であった。

ともあれ、この手当ては大いに助かった。医師の触診も手当て同様の効果を感じたことがある。

結婚二年後、私たちはひと間の家から、牧師館の留守番に移り住んだ。その頃、私は急性盲腸炎に罹った。強烈な痛みを訴える私のために、妻は医師に往診を求めた。医師が来て、腹を撫で問診もした。痛みの程度も問われた。それに対して、

「それほど、ひどい痛みではありません」

と私は答えてしまった。医師が来るまでは耐え難い痛みであったにもかかわらず、触診されると不思議に痛みが和らぎ、これが診断を誤らせる結果にもなった。盲腸炎といえば、気絶しかねない痛さのように、私は思いこんでいた。膀胱結核の激痛を体験していたことも、裏目に出た。

妻は介護に疲れて、あの時あまり手当てができなかったようである。そんな次第で医師の触診が手当ての代りになったと言える。医師は、私の答えに首を傾げ、何か薬を服まなかったかと尋ねた。私は前夜、知人から胃腸薬を一服もらって服んでいたのであったが、痛み苦しんでいるうちに、そのことをすっかり忘れてしまい、何も服んでいないと答えた。私の返事が二重にくいちがっていた。責任はこちらにある。

おかげで手遅れになり、麻酔もほとんど利かないまま手術を受け、四十余日入院する羽目になった。ともあれ、体に手を当てることは、いいことである。触診でもかなりの作用をするのであろう。

ところで、私たち夫婦が、人様の膝に手を当てて上げて、思いがけない効果を見たことがある。十年前、滋賀県から後宮《うしろく》俊夫という牧師夫妻と、そのご一行がわが家に来訪された。妻綾子はかつて『ちいろば先生物語』という榎本保郎牧師の伝記小説を刊行していた。後宮牧師夫人は、この榎本牧師の令妹で、後宮牧師はすなわち榎本牧師の義弟である。

後宮牧師がわが家に来てくれた時、膝を痛めていた。坐れないからと、始めからあぐらをかいて挨拶をされた。一行の大半がわが家を出て行ったあと、私は後宮牧師の両膝に手当てを開始した。左の膝に右手を、右膝には左手を当てた。せいぜい三十分程度だったと思う。時に祈りをこめ、時に雑談を交しながらの手当てだった。私のあと、綾子も先生の膝に十分程度手を当てた。

帰る時になって、後宮先生は言った。

「あれ、不思議ですね。さっきまで坐れなかったのに、ほれ、このとおり坐れますよ」

どうやら私たちの手当てが、見事に効いたらしい。本人も私たちも、大いに喜んだ。

以来十年、先生は膝の痛みが起きないという。このほど夫人に電話で確かめたところ、八十歳になりながら、階段など苦もなく上り下りできるという。かえって私のほうが膝が痛くて、階段ではいつも難儀しているという。少しく話がうますぎるようであるが、あれは私たちの手当てが、ものの見事に効いたとしか考えられない。いや、綾子の祈りと手当ての故であったろうか。それにしても十年も痛みが生じないとは、おどろきである。聖書にはキリストや使徒たちが、病人に手をおいて癒した記事が数多く出ている。そして手をおいて癒すべきことも勧めている。私たち一般の人間には、それほどの力はないとしても、本来様々な能力が備えられているのであるから、要は努めてその能力を活用することが肝要なのであろう。

なお、前述の後宮俊夫牧師は、元海軍大尉であったが、戦後真珠の養殖に成功し、富を得る。しかし男一生の仕事にあらずとして、牧師の道を選び、人間の魂の救いに力を尽した。この後宮牧師の伯父に、戦中後宮淳陸軍大将がおられた。

私は朝方、時に肩を冷やしてのどを痛めることがある。妻はそうさせまいとして、よく私の布団の襟を直してくれた。今はその妻もいないので、のどを痛めた時は自分で手を当てることにしている。大体十分もすると快復する。既に何回となくこれを試して、よくなっている。

以前、私たち夫婦がよくせわになったS医師が、妻を往診に来て言ったことがある。

「患部に手を当てることは、馬鹿になりませんよ。ギプスの上からでも、相当の作用をするのです」

この医師は外科医であるが、専門の外科にのみとどまらず、二人共よく診てもらった。かれこれ三十年に及んだと思う。

マッサージは多くの人の利用するところだが、場合によっては、手を動かさず停止していてもよい効果があるのかもしれない。


（ポエプス舎 「伝承と医学」第十七号 二〇〇四年十二月）

患者の立場から

「多くの医者にかかって、さんざん苦しめられ、その持ち物をみな費してしまった」とは、マルコによる福音書第五章の中の記事であるが、高度に医学の発達した現代においても、同様の事例は跡を絶たないのではないだろうか。幸い私は、多くの医師にさんざん世話になりこそすれ、さんざん苦しめられた覚えはない。いつも心の通う医療を受けて今日あるを得ているものである。

それはともかく、現代の医療一般については、いろいろ注文したいこと、疑問とすることも少なくない。折角与えられた機会でもあるので、以下二、三愚考を述べてみたい。

まず問診についてであるが、この問診の幅をもっと拡げてはどうかと考える。患者のふだんの食生活・趣味嗜好・労働条件・職場や家庭内における人間関係等々、一歩深く問うことによって、病気の原因をいち早く捉え得るのではないかと思うのである。私はかつて慢性胃炎、慢性肝炎と診断された。慢性であるから多分今もつづいているのであろう。少し食べ過ぎるとたちまち不調になる。顔色が悪くなり、ひどく疲れを覚える。洗面時にはタオルにべったりと分泌物が附着する。が、病院には行かない。原因がわかっているからだ。病院に行けば、いつか言われたように即刻入院、点滴ということになると恐れて、ひたすら減食と咀嚼《そしゃく》で切りぬける。むろん、未経験の痛みや症状を感じたなら、急いで診断を仰ぐべく心構えはしている。が、要するに、生活を少し改めることによって、容易に回復出来る状況があるということ、それを問診の段階で捉えて欲しいと願うわけである。つまり検査オンリイを避けて欲しいということである。

次に、患者にとって、どうしても肯定し難い医師の言葉を挙げてみたい。

昭和十六年私は北大病院で右腎摘出手術を受けた。腎結核による手術であった。腎結核は悪いほうの一つを摘出することによって、あとは自然に膀胱結核が治ると言われる。そのとおりの経過を私は辿っていたが、手術後いつまでも膀胱の苦痛を訴える患者がいた。医師はそこで膀胱洗浄の処置をした。その患者は大変楽になったと言った。ところが当の先生は言われたのである。

「洗浄はそんなに効くものではない。気のせいではないか」と。

どうやら膀胱洗浄は、刺激が強く効果は期待出来ないというのが定説らしいことを、私はその後知るようになった。しかし患者は明らかに回復を言っているのに、「気のせいだ」というのはどんなものか。私自身、後に膀胱洗浄を受けて、ずいぶん苦痛が去った体験がある。二十回に一度位は刺激を感じもしたが。もし洗浄をしなかったら再起できなかったと思われる。決して「気のせい」ではなかった。心の通う医療を目指すならなおのこと「気のせいだ」などと決めつけるべきでないと言いたい。特に、痛みや症状を訴えているのに「気のせいである」と言われては、患者はとりつく島がない。

「あなたの病名で、そんな症状が出る筈はない」と、家内もかつて言われたことがあるという。これでは「初めに病名あり」である。足を軍靴に合わせろと昔軍隊ではよく言ったというが、こうした言葉は医療に何のプラスにもならない。

第三に、もっと簡単な処置を活用してはどうかと提案したい。分析に分析を重ねることは学問として当然のことであり、これを否定するつもりは全くない。苦心の抽出もありがたい。複雑にして精巧な機械装置の貢献も偉大であると思う。

しかし、どんな病気にも、抽出された薬品や立派な装置でなければならないという法はないのではないか。

私には、常習感冒に伴って膀胱結核が末期的症状を呈した時期があった。膀胱結核が極度に悪化すると、横臥が不能になる。寒夜布団をかぶり、拷問のような苦痛に呻吟《しんぎん》した当時を私は生涯忘れない。洗浄に行こうにも常習感冒がそれを許さなかった。たまたまストレプトマイシンが登場して来た頃で、兄が医師に相談に行ってくれた。かねがね私に膀胱洗浄をしてくださっていたM医師は言われた。

「ストレプトマイシンを入手出来ないことはないが、まだあまりにも高価です。洗浄に来れるといいのですが、痛みの激しい時は熱くて絞れないほどのお湯で会陰部を湿布して、時を待つように」

以来私は幾度この湿布によって痛みを耐え得たことだろう。もしM先生が、痛み止めでも打つより仕方ないなどと言われたとしたら、私はとうに世を去っていた筈である。

私たち人間は、簡単なことは即ち価値もないかのように錯覚しやすい。複雑な過程を経て得たものにのみ価値を認めようとする。しかし毎日吸っている空気も、手軽に飲んでいる水も人間の所産ではなく、人間の造り出せるものでもない。すべては創造主の産物である。驚きを持って、単純なままで活用することも大切なのであろう。

類似の例を挙げる。十数年前、私は額や頭にいぼが出きて、電気メスでカットしてもらったことがある。が、しばらくするとまた出てきた。一年後に再び電気メスで除去した。結果はまた同じで、またまた生じた。これを聞いたある薬剤師が、ハトムギを煎じて服用することを勧めてくれた。と、十日程経った頃から、いぼは次第に縮まり、二カ月後には全く消えた。今に至るまで再発を見ない。簡単な方法で根治したのだ。いずれハトムギの中から、いぼに効く成分が発見されるのか、既に発見抽出されているのか、それは知らない。抽出されてしまったら効かない類の物質であり、総合されたまま用いられて、はじめて効果があるものなのか、それも知らない。とにかく、ストレプトマイシンという近代医学の恩恵に浴した私ではあるが、現代の医療には、もっともっと単純素朴な方法も採り入れていただきたいと願うものである。

先年家内がヘルペスに罹った時、家内は失明と癌を予告された。病院としては決定的な処置はないとも言われた。私は日参して家内の顔の上に手をかざした。いわゆる掌療法である。そのせいかどうかは不明だが、失明はまぬがれた。人間の手の静電気も大いに研究されると同時に、そのまま試してみてもいいと考える。手を当てる効果を認める医師も既にいるようであるが……。

その他「完全看護」の「完全」性についても触れたかったが、紙面が尽きた。素人の妄言ながら、役に立てば幸いである。

私を変えた一言
「面倒な仕事から手をつけよ」

私の兄は、近年芝桜で有名になった滝上で生まれた。五歳年下の私とは悉《ことごと》く対照的な性格である。かつて母が言っていた。

「健が生まれた頃はね、父さんは開拓魂にあふれていた。光世が生まれた頃は、東京で几帳面な生活をしていてね。それがお前たちの性格によく出ている」

これを聞いて私は、

(はてな、ではおふくろさんの性格は、全く影響していないのか)

と思ったものだが、確かに兄はすべからく積極的であり大胆である。一方私はおよそ何事にも消極的で、小心翼々たる人間である。

三歳の時、父の肺結核発病に伴い、東京から滝上につれられてきて、十数年滝

(「医学と福音」一九八五年五月・六月号)

上で育った。自然にも親しんだが、性格はあまり変わらなかったようだ。沢の流れに釣りを楽しむことも多かった。しかし臆病者の私は、ちょっとした物音にも背中がざわざわして、急いで家に舞い戻ったりした。兄などは、熊も狐も恐れず、沢の奥の奥まで釣り進み、探しに行った伯父のほうが震え上がったと聞いている。

ある時兄は、滝上の街から四里余りの夜道を親戚の家に向かって歩いていた。途中、道の傍らに焚火を見て、これさいわいとタバコに火をつけ、すぐに火葬の残り火とわかった。が、兄は何の恐れも感じないで、一服喫《す》い終ると、またすたすたと真暗な道を歩いて行ったという。

こんな兄に、私は今まで幾度も励まされてきた。四十数年前、私は営林署の会計事務を担当していた。滅法忙しかった。ふつうの日は八時九時まで、土曜日は五時頃まで、事務室で一人残業をしていた。そんな時、ついやりやすい仕事から手をつけた。勢い気の向かない仕事が後回しになり、これがストレスを生んだ。兄はこれを聞いて言った。

「光世、仕事はそんなことじゃ駄目だぞ。大体において、大きな仕事、面倒な仕事を先に叩かないと、ますます荷が重くなるぞ」

私を変えたと言うにはいささかオーバーだが、少なからず作用したことは事実で、このところ、兄の言葉を思い返しては、超多忙の日を重ねている。

（初出誌不明・原稿に「二〇〇〇・一・二八」と記載あり）

妻三浦綾子の性格と生活

一九九九年十月十二日、妻綾子は七十七歳でその生涯を閉じた。間もなく一年半になろうとしているが、いまもなお多くの方が追悼してくださる。講演で四十年の結婚生活を話して欲しいとよく言われ、柄にもなく講演に飛び回ることになった。いや、講演だけではない。本にも書くようにと言われて、昨年は『死ぬという大切な仕事』『綾子へ』の二冊を刊行した。

この度、東京新聞の主催で「三浦綾子展」が開催されることになった。これもまた追悼の一環と思い、ありがたく感謝している。

ところで、綾子と私が結婚したのは、一九五九年五月二十四日、綾子三十七歳、私が三十五歳の時である。二人共病弱で、まさか四十年の結婚生活が与えられようとは、思いもよらぬことであった。

結婚して住んだ家も、今となっては懐しい。棟つづきの大家の物置を改造した家であった。たったひと間だった。が、窓からは大家の庭が眺められて、これを私たちは「借景」と言って喜んだ。

アララギの枝平らなる見つつあればまたひかりくも白き冬日は

短歌の材料にもなる庭であった。部屋は物置を改造しただけあって？天井が低かった。のちに私はやはり駄作を詠んでいる。

手を伸ばせば天井に届きたりきひと間なりき初めて吾らが住みし家なりき

天井が低いのと、部屋が狭いのが特徴といえた。九畳間という変則的な部屋であったが「狭いながらも楽しいわが家」の歌の文句のとおり、二人共感謝して住んでいた。よく講演で駄ジャレをいうのだが、私たちはこの狭い九畳間の家に対して、一度として苦情を言ったことはない。

当時、カメラもない貧しい生活だったので、残念ながら、その家の写真はない。家の模様は、ありありと今も思い描くことはできるのだが、どうして誰かに撮っておいてもらわなかったのか、悔やまれてならない。あの家の写真があれば、当然「三浦綾子展」に展示できたろうにと、詮なきことを思い返すこともよくある。

ある時、綾子は特価品売場から、水色の和服のコートを買って来た。それを九畳間の畳の上に広げて、

「光世さん、これいいでしょう。こんな立派なコート、僅か三千円で買えたのよ。わたしうれしいわ。ほんとにうれしいわ」

と、いつまでも綾子は喜んでいた。あの顔、あの声、思い出すだけでもいじらしい。そのコートもよく展示会に出したものだが、今どこにあるだろう。

綾子は生来、流行とか服飾にほとんどこだわらぬほうであったが、実に喜びを率直に表わした。人さまからものを贈られた時なども、心底喜んだ。一昨年、喜寿の祝いにスタッフたちがネックレスを贈ってくれた。この時も大いに喜んだ。胸に抱きしめて喜んだ。

喜寿の祝ひに贈られしネックレス抱きしめて喜びき只一度用ひて逝けり
悲しいかな、そのネックレスはたった一度首に飾っただけであった。私たちの旧宅が「塩狩峠記念館」として、塩狩峠に復元された時、そのオープンの式に用

いたのが、最初であり最後であった。この旧宅は、綾子が雑貨店を開きたいと言って建てたささやかな家であった。この家で『氷点』を始め、初期の重要な作品を書いたのだが、何せ私が職場から五十万を借り、僅かな貯金を加えて建てた家であった。九畳ひと間の家より寒かった。正に『氷点』を書くのにふさわしい家といえた。

この家に入って何年か後、カメラも買ったが、あれは『氷点』入選後であったような気がする。復元されているので、写真に残す必要もないし、その家の写真はいくらもある。

それはともかく、綾子はものを書くようになっても、生きる姿勢は全く変わらなかった。

「わたしは小説を書いているのよ」

などという態度は全く見せたことがない。服飾なども、作家になる前と同様、高級なものに執着するということはなかった。只、地元の優佳良織《ゆうからおり》という手織りのスーツは好んで着ていた。織元から贈られたものなどを、特に愛用して、海外旅行の時四十日も同じものを着ていた。

生来童女のような性格で、私はよく帽子のかぶり方を直してやった。正に天国そのもののような性格であり、生活であった。

（東京新聞夕刊　二〇〇一年二月七日）

将棋と妻についての思い出

一九五九年五月二十四日、この日が忘れもせぬ妻綾子と私が、結婚式を挙げた日であった。妻は十三年もの療養生活を終えた体で、新婚旅行は無理であった。日曜日のその日、旭川六条教会で礼拝式を挙げてもらい、ひきつづき祝賀会もしてもらった。式は二階の礼拝堂、祝賀会は階下の幼稚園ホール。これらが終って、妻の両親の家に挨拶に行き、両親の家から二丁離れた九条十四丁目の家に引き上げた。即ち新居である。と言っても、家主の本宅の、棟つづきの物置きの端の、九畳間であった。八畳でも十畳でもない変則的な九畳間で、手を伸ばすと手の届く、低天井であった。

よく講演で話すことだが、私たち夫婦はこの九畳間に対して、一度も苦情を言ったことはない。とにかく綾子は、弱い体の自分にも結婚できる日が来たことに、只々感謝していた。

この家に将棋盤を持って行ったかどうか、記憶にはないが、新婚何日かの時、私は綾子に言った。将棋を覚えてみないかと勧めたのである。ところが綾子は

「わたし、勝負ごとって、あまり好きではないから」

と言い、覚えようとはしなかった。

ところが五年後に、妻は朝日新聞の懸賞小説に応募、『氷点』が入選し、作家としてデビューした。その後数々の連載小説を引受け、茶道の大家千利休を小説に書いた。それを書くことになった時、

「わたし、将棋を覚えてみたいわ」

と言い出した。千利休はあらゆる美について深い洞察があったようである。喜んで私は妻に手ほどきした。妻は正に子供のような素直さがあり、上達が早く、

「こんなおもしろいゲーム、どうして女の子に教えてくれなかったのだろう」

と言った。

子供は上達が早いと言われている。私たち人間は、もっと素直になれば、この地上をもっともっとすばらしい世界にすることができるであろう。

（北海道将棋連盟会報　二〇〇八年五月一日）

五年越しのカレンダー

わが家のキッチンには、少し大き目の冷蔵庫が置いてある。その一方の側面に一九九九年のカレンダーが、もう五年にもなるのに、吊るしっぱなしになっている。カレンダーの中央には、当文学館開館の日の写真が刷りこまれている。

（あれっ？　開館は一九九八年六月十三日のはずだが……）

と、今日見ていて思ったが、その一年前の写真が一九九九年のカレンダーに収められていたということ。家内綾子が八柳洋子秘書に支えられている姿、館の前でのテープカットの列に並んでいる場面など、どれもみな懐しい。

開館翌年の一九九九年十月十二日に、綾子はこの世を去った。ところで開館のセレモニーに出席したあと、死ぬまでに文学館に行ったことがあったかどうか、一回きりではなかったかと、それらの写真を見ていてふと思った。

何せ難病パーキンソン病になって七、八年、薬の副作用による幻想幻覚も進んでおり、歩行も不自由になっていた。そこで、一九九八年の日記を改めて開いてみた。

六月十三日後の日記は、やたらと綾子の幻覚の例が目立つばかりである。

〈夕食時、「庭木の下に女の子がダンス、そしてケーキ菓子を作っている」〉

〈夕食後、ソファに横臥しようとして、「庭に女の人が子供をつれて、米を磨ぎに来ている」〉

〈夜九時、ヨーグルトを食しつつ「今までわたしの臥ていたソファに、男が寝ている」〉

〈夜、歯を磨く時「蛇口から体温計が出てきた」〉

等々、哀れなことが至る所に書いてある。これだけを見れば、人はあるいは綾子が精神に異常をきたしていたと見るかもしれない。が、これらは全く薬の副作用によるものであった。パーキンソン病をなおす薬は、現在少しずつ開発されつつあるようだが、まだ決定的に全快させる薬は出ていない。当時、「病気の進行をいくらかでも遅らせるために、これを服用してください」と医師に言われた。その薬に対して、副作用の有無を尋ねると、「ああ、何百人に一人は、副作用の幻想、幻覚が出ます」ということであった。綾子の場合、これが半月と経たぬうちに出た。あまり恐怖を感じさせるような幻覚がなくて、さいわいでもあったが、はたの者にとっても気持のいいものではなかった。おそらく本人も愉快なものではなかったろう。

〈お星さまが、ふろしきに包まれた〉

などとも言った。正に奇想天外、これなどはいいほうである。

こんな状況で、一九九八年六月十三日、館オープンの後、一度も文学館に行ってはいないのではないかと思ったのであるが、八月五日になって私と二人で行っていたことを日記を見て知った。堀知事がわざわざ来館されるとのことで、綾子もご挨拶をしなければと思ったようである。この文学館は民立民営とはいえ、道と旭川市から建設に当たって巨額の援助を受けている。感謝していて、ぜひお礼を申し上げねば……と思ったのであろう。日記を見ると、その日は二人共早めに起きて、午前八時五十分に文学館に着いている。そして九時、知事の来館を迎え、喫茶室で少しの間共に休憩を、とある。

すっかり忘れていたが、これが八月五日のことであった。次に館に行ったのが、八月十二日。綾子が急に、

「文学館に行く」

と自分で言い出し、十一時文学館に着いたことが書かれてあった。

おそらくこのあとも何回か行ったのかもしれないが、日記を辿るのは、たとえ自分の日記でも、そう簡単なことではない。このところ少し風邪をひいており、超多忙のこともあってつづけて見ていくことを断念した。

こうして、一九九八年が過ぎ、一九九九年を迎えるわけだが、開館の日綾子を支え、何くれとなくせわをしてくれていた八柳洋子秘書が、三月一日肺癌のために五十五歳の生涯を終えた。

このショックで、三月綾子は特に不調であった。四月頃から持ち直し夏を迎えたものの、七月半ば私の不注意のために高熱を発し、入院となり、再びわが家の敷居をまたぐことがなかった。私の不注意というのは、夕食中綾子がソファに横

になり、ひと眠りしたいというのを私が屁理屈を言って斥けたことである。夕食を食べはじめて二時間経った頃、綾子は私に言った。

「わたし、ソファに行って少し休みたいわ」

これに対し、

「あのな、綾子。居間へ行って横になり、また起きてキッチンに戻り、再び箸を持つのは大変だろう。それよりも適当に切り上げて、二階に上がって寝たほうが楽だよ」

と私は答えた。綾子はこの私に全く反撥《はんぱつ》しなかった。再びちびちびと食物を口に運んだ。時には、やっと口に持って行ったお菜をぽろりと落しながら、黙々と食卓に向っていた。あの時、

「わたし、疲れてるのよ。休ませてよ」

と綾子が言えば、私も応じたかもしれない。いや、そんなことを言わせるまでもなく、直ちに私がきいてやればよかったのだ。私自身、病気をして、病人の求めは直ちにきいてやらねばならないと、常々思っていたが、それをしなかった。何とも残酷な話である。

翌日、俄然綾子は三十九度台の高熱を発し、三日後には入院となり、再び帰宅することがなかった。四十年間の結婚生活の中で、しばしば妻に無理を強いた私だったが、最後には全くとんでもないドジをふんだ。何とも申しわけのないことであった。こうして、一九九九年十月十二日、家内綾子は七十七歳を一期として、私に先立って逝った。

その後挽歌なるものを詠みつづけてきたが、そんなことでは取り返しがつかない。

ともあれ二三引用して、この稿を終りたい。

モニターに現はるる搏動刻々に弱まりてああ妻が死にゆく
並べし床ゆ手をのべて面《おもて》の白布取り声をかけたり昨夜《よべ》幾度《いくたび》か
もうどこへも行くなと和服の肩を抱き妻に言ひゐき夢の中にて
励まして四時間余食卓につかせゐき高熱の因《もと》となるとも知らず
朝毎に椅子にかけさせセーター着せボタンかけやりき愛しかりにき
喜寿の祝ひに贈られしネックレス抱きしめて喜びき只一度用いて逝けり

（三浦綾子記念文学館館報「みほんりん」第十二号　二〇〇四年二月十日）

共犯者になれる先生

一九三八年四月、根本芳子先生が、東京女高師を出て、私たちの女学校に赴任された。当時は日中戦争のさなかで、十五、六歳の少女の私たちが、旭川第七師団の練兵場で鉄砲を担いだり、実弾射撃場で射撃をさせられていたりした。

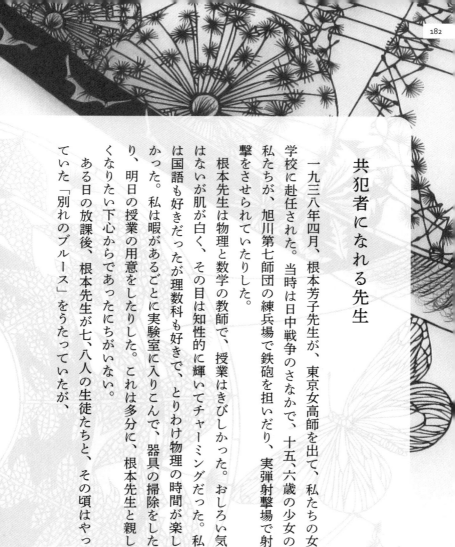

根本先生は物理と数学の教師で、授業はきびしかった。おしろい気はないが肌が白く、その目は知性的に輝いてチャーミングだった。私は国語も好きだったが理数科も好きで、とりわけ物理の時間が楽しかった。私は暇があるごとに実験室に入りこんで、器具の掃除をしたり、明日の授業の用意をしたりした。これは多分に、根本先生と親しくなりたい下心からであったにちがいない。

ある日の放課後、根本先生が七、八人の生徒たちと、その頃はやっていた「別れのブルース」をうたっていたが、

「ちょっと、この歌詞を教えてよ」

と手帖を出し、生徒たちのいう歌詞をメモし始めた。生来音痴で歌をうたえない私は、傍らでその様子を見ながら、

（いいなあ、この先生は）

と、しみじみ思ったのだった。なぜなら、当時校則の中に、「流行歌はうたってはならない」という一項があったからだ。その校則を知ってか知らずか、新任のこの先生は、歌詞まで生徒に教えてもらい、楽しそうにうたっている。それが私の心に沁みた。

この旭川市立高等女学校は、学園の運営が実に自主的に行われていた。ある時の学校自治会で私は、

「流行歌禁止の校則を廃止せよ」

との議案を提出した。流行歌は歌詞も美しく、何らの実害もない。若い女の先生も、生徒たちと楽しそうにうたっている。いくら禁止されても、生徒たちの多くは流行歌をうたわずにはいられないだろう。守り得ない校則などないほうがいい。そんなことを私は言い、流行歌

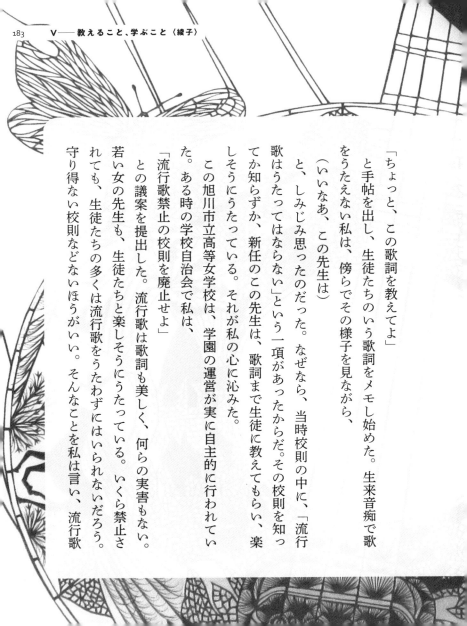

禁止の校則は消えた。要するに根本先生のお陰であった。

もう一つ根本先生には似た思い出がある。その日、放課後、下校時間が過ぎてからも、私は根本先生と理科準備室で小説の話に夢中になっていた。先生は実によく本を読んでおられた。話がたまたま『クォヴァディス』に及んだ時、先生は言った。

「あの本、もう一度読んでみたいわ」

「先生、あれなら学校の図書館にあります」

私は早速先生を学校図書館に案内した。下校時も過ぎたこととて、書棚の戸は全部錠がおりていた。残念がる先生の前で、

「戸を二枚一度に外せば鍵は要りません」

と、私はいとも鮮やかに戸を外して見せた。

「まあ！　凄い特技を持っているのね」

二人は顔を見合わせてくすりと笑った。こうして二人だけの秘密ができた。よい先生というものは、規則にのみ捉われず、生徒の心を汲み取るあたたかさを持っているものだ。時には共犯者になり得るのが、

真の教育者と言えるのかもしれない。

（北海道新聞日曜版　一九九一年三月三十一日）

「別れのブルース」…藤浦洸作詞、服部良一作曲、淡谷のり子が歌った大ヒット曲。1937年、日本コロムビア発売。

シェンキーヴィッチ『クオ・ヴァディス』…木村毅訳、新潮社、1928年刊。

何も知らなかった

（そうなの。そんな辛い思いを、久米二ちゃんはしていたの。わたし、何も知らなかった。ごめんね、久米二ちゃん）

私は教え子の久米二との電話を終って、幾度も胸の中でそう呟いた。

久米二は私が歌志内の炭鉱の分教場で教えた生徒だった。一九四一年、太平洋戦争が勃発する年、小学二年生の久米二は、分教場の生徒として転校して来たのである。

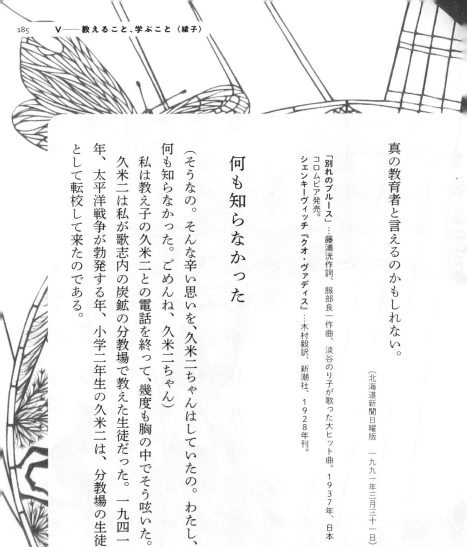

　軍需景気で炭鉱は急激に人口がふくれあがっていた。毎日のように転入してくる生徒があり、教室を建て増す暇もないまま、長屋を二軒ぶち通した急造の教室に、六十名以上の生徒がひしめいていた。下手をすると踏み抜きそうな薄い床板には、鉋《かんな》もかけていなかった。そんな粗末な教室で、久米二は三カ月もいたろうか。彼はある日、父親につれられて、他の炭鉱地へと去って行ったのである。
　たった三カ月教えただけだったが、突然電話がきた時、すぐに五十年前の幼な顔が目に浮かんだ。国防色の薄い布地で作った学生服を着、つぶらな目の伏し目がちな少年だった。算数も国語もよく出来た。が、彼はどこか淋しそうだった。それもその筈、彼は私の学校に転入して来る直前、母を失っていたのである。
　彼は電話の中で言った。
「ぼく、どこに行っても堀田綾子先生の名前は、絶対忘れることがなかった。先生はとてもぼくを可愛いがってくれたから。でも、この間テレビを見るまで、三浦綾子が堀田先生だということを、ぼくは全然

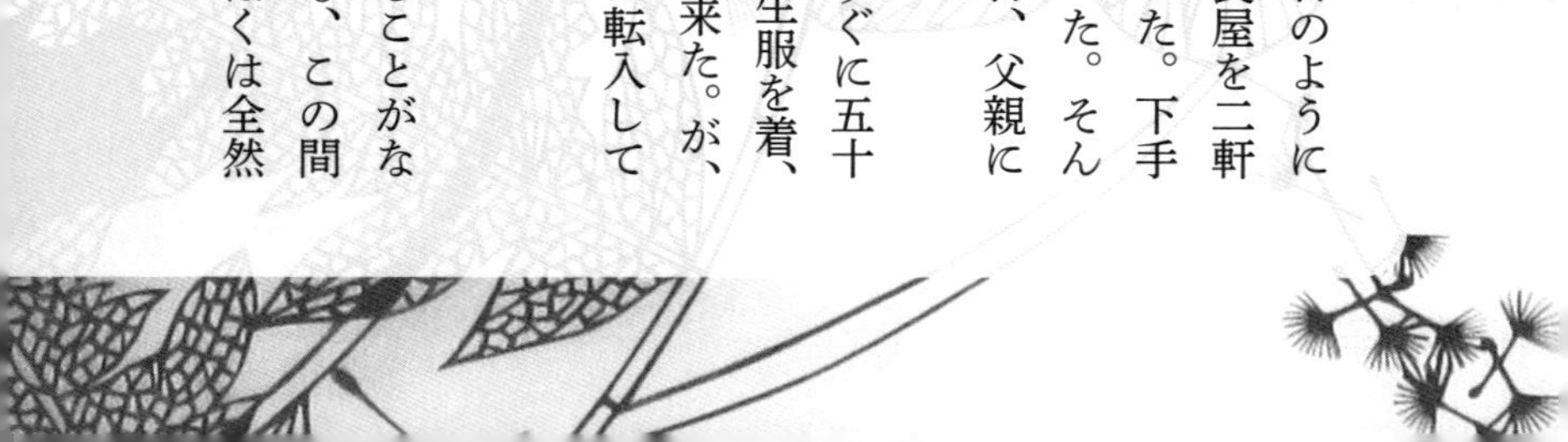

知らなかった」

私は胸が熱くなるのを覚えた。あの二年生だった久米二は、母を失ってどんなにか淋しかったのであろう。元気なだけが取り柄の至らぬ教師であった私のささやかな扱いにも、彼は母の面影を私に感じてくれていたのであろうか。それはともかく、僅か三カ月の薄い縁であった私の名前を、よくぞ忘れずにいてくれた、と思った時彼は言った。

「あれから父に連れられて満州に行きましたが、その二年後に父は満州で死にました。四年生のぼくは二年生の弟と二人で、日本のこの北海道に帰って来たんです」

誰かついてくれる大人があったかどうかはともかく、僅か十歳やそこらの少年が、遠い異郷で父をも失い、再び日本へ帰って来る時の淋しさ辛さは、いったいどんなであったろう。弟と二人、肩寄せ合って帰る姿を想像しただけで、私は涙があふれた。

「じゃ先生、お元気で、頑張って下さい」

元気のよい彼の声は、五十代の立派な男の声だった。だが私は、受

話器を置いてからも、「何も知らなかった」ですませることができるのだろうかと、自分を責める思いだった。
自分が生きているこの地球には、今も、戦争や、飢餓や、地震や、その他の天災人災のために、大変な目に遭っている人がたくさんいる。それを、「何も知らなかった」ですませてよいものか。そんなことを改めて思い合わせたことだった。

（北海道新聞日曜版　一九九一年五月二十六日）

とんだ教師

稚内在住の舞踊家柴田三代子さんから便りがあった。
戦時中、旭川市啓明小学校に、彼女も私も教師として懸命に勤めていた。彼女は私より一歳年下だったが、踊りが上手で私に日本舞踊を教えてくれたりした。聡明で美しい女教師だった。

手紙の内容は、昭和十七、八年頃の教師時代の思い出であった。彼女は二年生を受持ち、私は一年生を受持っていて、教室が隣合せになっていた。放課後、彼女の生徒たちは授業が終るや否や、さっと帰ってしまうのに、私の受持生徒たちは、さっと帰るふうはない。いったい何をしているのかと、ある時廊下の窓から教室の中をのぞくと、私が生徒の一人一人の頭を撫で、撫でられた順に帰って行ったのだという。

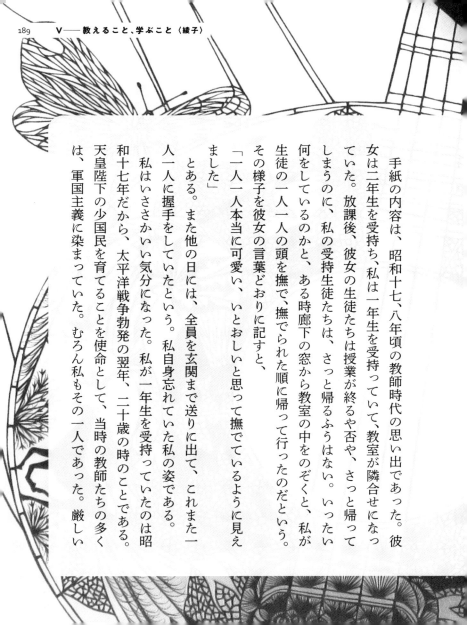

その様子を彼女の言葉どおりに記すと、

「一人一人本当に可愛い、いとおしいと思って撫でているように見えました」

とある。また他の日には、全員を玄関まで送りに出て、これまた一人一人に握手をしていたという。私自身忘れていた私の姿である。

私はいささかいい気分になった。私が一年生を受持っていたのは昭和十七年だから、太平洋戦争勃発の翌年、二十歳の時のことである。天皇陛下の少国民を育てることを使命として、当時の教師たちの多くは、軍国主義に染まっていた。むろん私もその一人であった。厳しい教師だった。四十余年経た今、年が経てば経つ程当時の自分が思い出されて、自省の思いが深まるばかりである。

そんな私に、柴田さんの手紙は大きな慰めとなった。厳しいことは厳しかったが、子供が好きだった私の姿を再現してくれたようで、柴田さんの手紙は本当にうれしかった。

が、ややあって私は、

（なあんだ、わたしは子供をどれほども知ってはいなかったんじゃないか）

と気づいて、ぎくりとした。生徒たちは先生に頭を撫でてもらって帰って行くのが本当にうれしかっただろうか。六十人の生徒の頭を撫でるということは、一人三秒として約三分、長くても五分とはかからなかったろう。

しかし子供にしてみれば、授業が終るや否や、教室をぱっと飛び出して、一目散に自分の家に帰って行きたかったのではなかろうか。籠に飼ってある虫や、縁の下に隠してある素敵な小石の宝など、気になっていたのではなかろうか。夏には川泳ぎがある。冬にはスキーがある。子供にとって放課後は、すばらしい光り輝く自由な時間なのだ。

確かに私は子供が好きだった。が、本当に子供の世界を、いったいどれほど知っていたのだろう。そう思うと、当時の子供たち一人一人に、それこそ頭を撫でて、

「ごめんね、ごめんね」

と、詫《わ》びたい思いになった。私はとんだ教師だったのかも知れない。

（北海道新聞日曜版　一九九二年一月十二日）

痴漢防止

一九三九年のその頃、私は五人の女教師たちと自炊をしながら、炭鉱街の小学校に勤めていた。みんな同じ旭川から赴任した十七、八の娘ばかりだった。（厳密にいえば、他に一人、三十三歳の先輩も同居

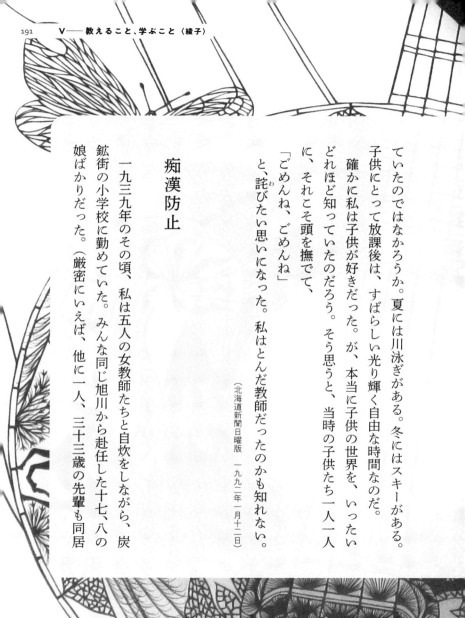

していたが、その日は留守だった）食事を終えたひと時、

「結婚したら、どうして子供が生まれるんだろう」

と誰かが言い出した。いろいろ話し合ったが誰も知らない。そのうちに一人がぽんと手を叩き、

「結婚して、二人でじっと見つめ合っていると、電波が飛ぶの。そして妊娠するの」

この説はみんなを納得させた。私もまた、電波が飛ぶなんて、何とロマンチックなことだろうと、少なからぬ感動さえ覚えた。

それから二年程して、私は旭川の啓明小学校に移った。旭川のわが家の近くに、啓明小学校の独身の男性教師が住んでいた。アサヒアパートという、いわば一流のアパートで、小学校、中学校、師範学校の教師たちが多かった。

ある日、夕食後外に出ると、偶然その独身教師Ｉ先生に会った。その教師は音楽にも国語にも優れていて、シャープな感じのする人だった。

「ぼくの部屋にいらっしゃいませんか」

I先生に誘われて、私は二つ返事でうなずいた。肩を並べて歩きかけると、

「あ、もう布団を敷いちゃった」

高級アパートといっても、それぞれ一室しか占拠していない。私は言った。

「先生、布団ぐらい敷いてあってもかまいません。坐る場所はあるんでしょう？」

とにかく、電波によって子供が生まれると信じこんでから、少しも成長していなかった。さばさばという私に、I先生はちょっと驚いたようだったが、私を部屋に連れて行き、窓をがらがらと開け、布団を押入に入れてしまった。

後年、その夜の自分を思い出しては、何度も笑ったものだった。I先生との距離は、その後遠くも近くもならなかった。

更に二年経って、戦争は苛烈になった。その頃痴漢の出没がささや

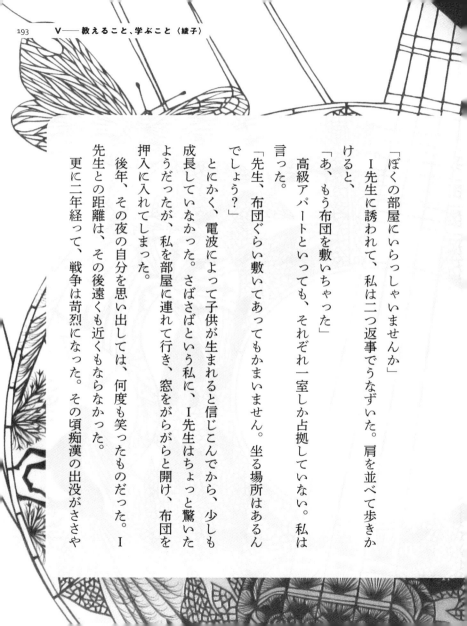

かれるようになった。私は啓明小学校から二キロ余り離れたわが家に帰るのだが、夜おそく帰る時は、必ず「海行かば水漬《みづ》く屍　山行かば草むす屍　大君の辺《へ》にこそ死なめ　かへりみはせじ」を歌った。日本男児たる者、この歌を聞いては、女を襲うなどという不埒な思いを抱く筈はない、これぞ痴漢防止の妙手とばかり、暗い夜道をうたいながら帰ったものだった。その頃はさすがに、男女のことを知識としては知っていた。

今の子供たちに聞かせたら、さぞ噴き出すにちがいない。何しろ、子供に性教育ならぬ性交教育をせよ——という論さえ出ている昨今である。昔の私たちのような無知な人間は、どこにもいないであろう。子供に性交教育までして、それで果たして男女の正しいあり方が養われるかどうか、どうも行き過ぎのような気がしてならない。むろん、痴漢よけに「海行かば」を唄うのでは困りものだが。

（北海道新聞日曜版　一九九三年三月十四日）

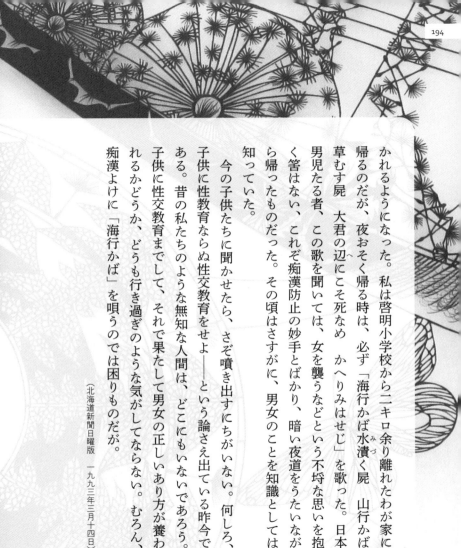

二つのランドセル

三カ月程前、中一の女生徒が鉄道に飛びこみ自殺をした事件が報道された。どうやら学校で、いじめに悩まされての結果であったらしい。死に至るまでの少女の辛い胸のうちを思って、何ともやり切れなかった。

その時三浦が言った。

「わたしたちの子供の頃は、いじめられて死んだ話など聞いたことがなかった。どの学校にも一人や二人知恵のおくれている子や、足を引いている子などがいたものだが、死に追いやられるほどにいじめられたことはなかった。ハンディキャップを負った子がいることで、弱い者の面倒を見るということも、自然に学んでいたのではないかなあ」

私は深くうなずきながら、炭鉱街の小学校で受持ったN子のことを思い出した。N子は他の子よりひとまわり大きい体だったが、歩き方はヨタヨタとして、自分の名前を書くのが精一杯という遅進児だった。いつもニコニコしていて、滅多に泣いたこともなかった。休み時間になると、生徒たちは受持の私をワッと取り囲んで、一緒にグラウンドの周りを走るのだった。

私の手を握りそこねた生徒は、上着の裾を引っ張ったり、袖口を引っ張ったりしてふざけた。初めのうちN子は、この仲間になかなか入れなかった。だが私は、ある日校舎の陰からヨタヨタ走って来るN子を見て、「この手はN子ちゃんに取っておいてあげようね」と生徒たちに言った。生徒たちは、「ハーイ」と気持のよい返事をした。それからは、一番遅く走って来るN子に手を藉《か》す者や、一緒に駆けて来る者が出て来て、N子だけが取り残されるということはなくなった。

旭川の啓明小学校に転じてからは、私はクラスを幾班かに分けて生活指導をした。いつ空襲があるか、わからぬような時代だったから、登校下校の訓練は必要だった。ある日職員室の窓から校庭を見ていると、玄関の前で整列しているある班の動きが見えた。班長は桃太郎のように元気な、Ｙという少年だった。眺めていた私はおやと思った。帰り始めた列の先頭のＹが、背中にも、胸にもランドセルをかけているのだ。そのＹと並んで、Ｓが何も持たずに歩いて行く。Ｓは蚊とんぼのように痩せた子で、体が弱かった。見ていて私は胸が熱くなった。
子供という者は、いじめもするが、ちょっと教えるなら、必ず弱い子を助けもするものだ。そのちょっとしたアドバイスを、現代の大人は忘れているのではないだろうか。

（北海道新聞日曜版　一九九三年十一月七日）

罪の深さ

この度私は小学館から小説『銃口』を出版した。千百枚を超える長編である。
「昭和を背景に神と人間を書いて欲しい」というむずかしい注文だっ

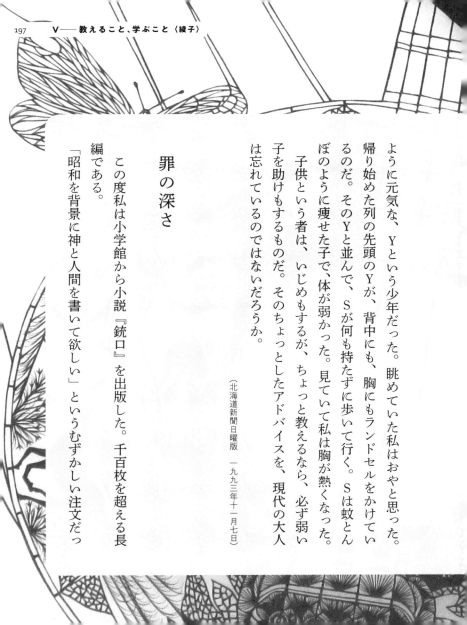

た。初めは何から昭和に切りこむべきか、いささか苦心した。今の時代にはなくて、戦前戦中にあったものの一つに、奉安殿がある。奉安殿は文字どおりうやうやしく奉じる小殿で、中には天皇の写真が納められていた。大体において、大人が四、五人入れる程度の小さな建物で、各学校の敷地の一画に、校舎から離れて建てられているのが普通であった。

この奉安殿の前を通る時は、教師も生徒も立ちどまって最敬礼をしなければならなかった。何しろ、ご真影（天皇の写真）が焼失した責任を取って、割腹した校長もいたほどであった。私はその辺りの事情を伝えるために、小説『銃口』の中で二、三の例を挙げた。当番で、奉安殿の周囲を掃除した四年生の男生徒の一人が、竹箒《たけぼうき》に跨《またが》り遊んでいると、それを見つけた教師が大声で怒鳴り、生徒の頬を殴りつけた。現代の若い人たちには到底想像も出来ない時代だった。

ところで、過日私は教え子たちに招かれてそのクラス会に出席した。その席で私は、かつての教え子S君から思いがけぬことを聞いた。「三浦先生、ぼく、先生にひどく叱られたことを覚えていますよ」

私は驚いた。S君は成績のいい子で、かつ真面目であった。教えていた間に、只の一度も彼を叱った覚えはない。驚く私にS君は言った。

「四年生の時、教育勅語を暗誦する宿題が出されたんです。ぼくは一心に暗誦して、道路でも、学校の廊下ででも、暇さえあれば、朕《ちん》思うに、皇祖皇宗……とやっていたんです」彼の言うには、たまたまトイレの近くで暗誦していたところ、通りかかった私に見つかったとか。途端に私は声を荒げてS君を叱り、教室に連れて来て、水を入れたバケツを頭上に掲げさせ、しばらく立たせておいたと言うのである。トイレのそばで勅語を暗誦するなど不敬に当たるとでも私は思ったのであろう。

「先生、苦しかったですよ。バケツの水がこぼれて服がぬれるし……」

あまりのことに私は呆然《ぼうぜん》とした。『銃口』の中で自分が書いた先生より、私はひどいことをしていたのである。しかも、それをすっかり忘れていて、思い出すこともできないのだ。罪の深さを、私は改めて思い知らされたことだった。

（北海道新聞日曜版　一九九四年四月三日）

会ってみたい人

せめて一度だけでいい、会ってみたい人がいる。と言っても、私はその人の名を知らない。住所も職業も知らない。顔を見たことも声を聞いたこともない。

私は戦時中、歌志内市の神威小学校に勤めていた。最後の五カ月は分教場勤務だった。一九四一年のこの年十二月八日、大東亜戦争が始まった。分教場には一クラス五十人、総数三百人もの生徒がいた。戦火の拡大につれて石炭の需要が急速に高まり、途中入学生が毎日のように父兄に連れられてやって来ていた。分教場の建物は、炭鉱住宅の長屋をぶちぬいたものだった。廊下もなければ、屋内運動場もなかった。

こんな何にもない分教場に私は五カ月いて、旭川の小学校に移った。旭川に帰った私は、別れて来た分教場の子供たちが懐しくてならず、胸の詰まる思いで日を送っていた。

それから数年経った頃、分教場の生徒だった高橋栄子から手紙が来た。長い手紙だった。彼女は賢くて愛嬌があり、素直な性格だった。

手紙にはこんなことが書いてあった。

「堀田先生が旭川に去られてから間もなく、おもしろいことがありました。私は仲よしの田畠幸っちゃんと、毎朝誘い合って学校に通っていました。そしてその頃、私たち二人は、堀田先生によく似た若い女の人と、毎朝道ですれちがうようになったのです。その人は本当に先生によく似ていました。二年生だった私たちはその人と会うのが何よりの楽しみで、すれちがったあと、声を揃《そろ》えて、堀田せんせー!と呼ぶようになりました。でもその人はふり返りませんでした。いろいろな人が行き交う道路です。堀田先生――などという呼び声を聞いても、自分のことだと思う筈はありませんものね。それでも私たちは、大声で呼ぶだけで満足しました。優しい幸っちゃんは、『あのひとほんとに堀田先生ならよかったのにね』と言って、涙ぐむこともありました」。

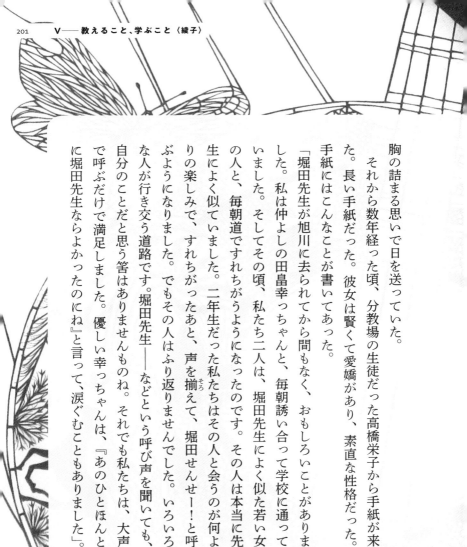

手紙には幸っちゃんが早くに亡くなったことも書いてあった。のちに札幌のデパートで私のサイン会があった時、

「堀田先生、わたし高橋栄子です」

と声をかけてくれたのは彼女だった。わざわざ室蘭からサイン会に出て来てくれたのだった。白い頬、ぱっちりと見ひらいた聡明な瞳に、幼な顔が残っていた。私はこの栄子と幸子が、毎朝声を限りに呼んだという女性に、切実に会いたいと思うことがある。

（北海道新聞日曜版　一九九四年五月二十九日）

陰の一人

眉目秀麗という言葉を聞くと、私は必ず教え子の清亨《せいすすむ》を思い出す。歌志内の分教場で、小学二年生の清亨を僅か一学期四カ月を教えただけだが、私にとっては忘れられない教え子だった。彼は成績抜群

だった。その挙止も、ものの言い方も実に落ちついていて、私は時に十四、五歳の少年と話し合っているような気がした。

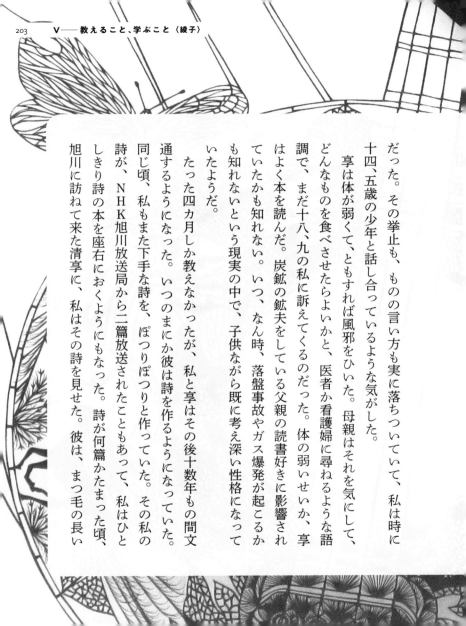

享は体が弱くて、ともすれば風邪をひいた。母親はそれを気にして、どんなものを食べさせたらよいかと、医者か看護婦に尋ねるような語調で、まだ十八、九の私に訴えてくるのだった。体の弱いせいか、享はよく本を読んだ。炭鉱の鉱夫をしている父親の読書好きに影響されていたかも知れない。いつ、なん時、落盤事故やガス爆発が起こるかも知れないという現実の中で、子供ながら既に考え深い性格になっていたようだ。

たった四カ月しか教えなかったが、私と享はその後十数年もの間文通するようになった。いつのまにか彼は詩を作るようになっていた。同じ頃、私もまた下手な詩を、ぽつりぽつりと作っていた。その私の詩が、NHK旭川放送局から二篇放送されたこともあって、私はひとしきり詩の本を座右におくようにもなった。詩が何篇かたまった頃、旭川に訪ねて来た清享に、私はその詩を見せた。彼は、まつ毛の長い

横顔に、青年らしいかげりを見せて私の詩を読んでいたが、

「先生、これ、誰かに見てもらったらいかがですか」

と勧めてくれた。その後少しの間紆余曲折があって、私は思い切って自分の詩を、謄写《とうしゃ》版刷りの、十頁ほどの冊子にした。とても詩集などといえるものではなかった。再び私を訪れて来た彼はそれを青白い手で、いとおしそうに撫でていたが、

「売れるか売れないか、とにかく売って見ましょう」

と言って私を驚かせた。当時私は小遣いにも困る療養者だったが、そんな自分の詩集を売るつもりはなかった。が、彼は一年がかりで百部余り売り捌《さば》いてくれた。送って来たお金を膝の上に置いて、私は涙をこぼした。


その後およそ二十年の年月が過ぎた頃、定山渓でクラス会があった。廊下でばったり出会った二人は思わず抱き合って喜んだ。が、幾月か過ぎた朝のこと、彼と同級の教え子笠折幸信君からの電話をもらった。彼は声を詰まらせ、

「先生、清君が急病で死にました」

清享は、私に小説を書かしめた陰の一人のような気がしてならない。

（北海道新聞日曜版　一九九四年六月二十六日）

教えられ子

私は生来手先が不器用で、小学生の頃鉛筆も満足に削れず、仕方なく鉛筆の先をむしって太い芯《しん》のまま使っていた。その上机の中も乱雑だった。見かねた級友が私の引き出しをきれいに整理してくれたことがあった。

字も下手だった。女学校に入って間もなく、理科の答案の欄外に、「もう少しきれいに書けよ」と、教師に書かれたことがある。それを見て私は笑ってしまった。教師のその字も私に劣らず乱暴だったからである。

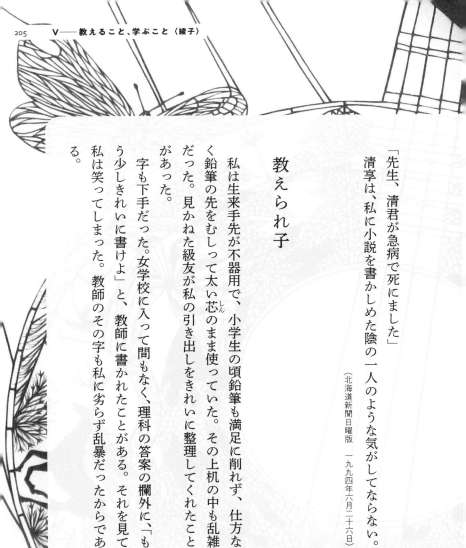

同じく女学生の頃、家事の時間に洗濯の仕方を習った。今のように洗濯機もない時代で、洗濯板と石鹸の使い方を、古いシャツや股引《ももひき》などで実習した。石鹸液を沁みこませた衣類を洗濯板に打ちつけて洗うのだが、（これならわたしにもできる）と、内心喜んで洗濯していた。ところが机間巡視の女教師が私の前で足を止めて言った。

「堀田さん！　何をふざけているんです！」

私はがっくりした。私はてっきりほめられると思っていたのだ。

裁縫、これがまた小学生の時から苦手で、この時間には誰か彼か必ず助太刀をしてくれた。こんな私が女学校を出て小学校の教師になったのだからひどい話である。当時の教師たちは、どんな科目もよくこなしていたが、私には真似ができなかった。ある時、小学校高等科の生徒に裁縫を教えた。何もできない私のもとに、生徒たちは親の用意してくれた浴衣や襦袢《じゅばん》の古着を持って来た。戦時中のこととて、新しい布地など滅多に手に入らず、古着をほどいて縫い直すわけである。

私はその時、心ひそかに恐怖を感じながら袷《あわせ》の襟先のまとめ方を

教えていたのだが、どうしても形が整わず四苦八苦していた。と、うしろからついと手が伸びて、

「どれ、先生、貸してみな」

と、一人の生徒が助け舟を出してくれた。私は心底ほっとした。

職員室に戻った私は、「実に手先の器用な子がいますねえ」と、同僚たちにその話をした。みんな笑って聞いていたが、私は内心、生徒のほうが教師より優れていることがあっても、それはそれでよいのではないかと思ってもいた。

その思いは今も変わらない。私は教師を辞めてから今まで、かつての教え子に実にいろいろなことを教えられてきた。その度に私は思うのだ。

(ああこの子も教え子でなくて、わたしにとって教えられ子だわ)と。

(北海道新聞日曜版　一九九四年十二月十一日)

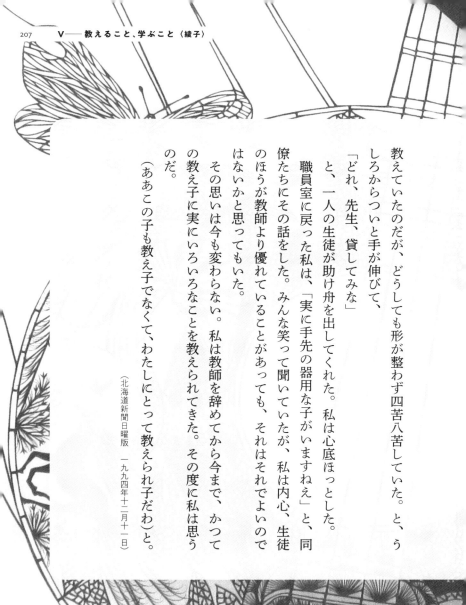

深い親切

世には実に親切な人がいるものだ。

私は朝夕どくだみ茶を欠かさない。どくだみに、すぎなをまぜて煎じたものをいつも飲んでいる。このどくだみを、毎年採取して乾燥し、私に届けてくださる方がいる。元啓明小学校で同僚だった内沢千恵先生である。これをいただくようになって、十年にもなるだろうか。とにかく無類に親切なのである。

戦時中、私の母が心臓病で倒れ、十日程臥《ふ》せたことがあった。放課後、職員室で女教師たちと雑談していた時、私は母の病気を口にした。すると彼女は言った。

「それはご心配ですね。小豆の粉を少しずつ召し上がると、効くと聞きましたが……」

心配そうな語調が深く私の心に残った。が、当時の食糧事情では、小豆もまたたやすく入手できないものの一つだった。忘れるともなく忘れて数カ月が過ぎた。とある日、職員室の私の机の上に缶を置いて彼女が言った。

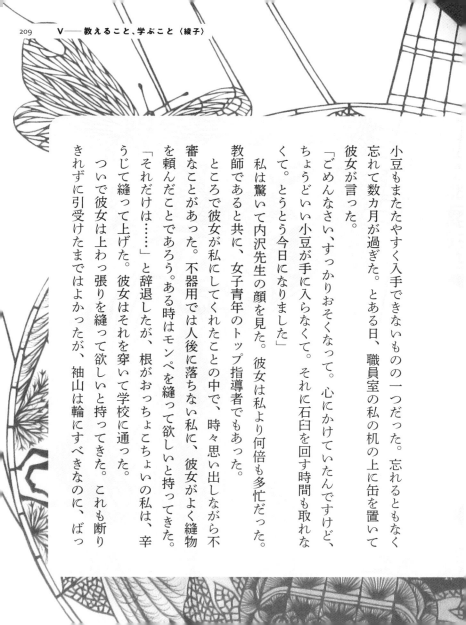

「ごめんなさい、すっかりおそくなって。心にかけていたんですけど、ちょうどいい小豆が手に入らなくて。それに石臼を回す時間も取れなくて。とうとう今日になりました」

私は驚いて内沢先生の顔を見た。彼女は私より何倍も多忙だった。教師であると共に、女子青年のトップ指導者でもあった。

ところで彼女が私にしてくれたことの中で、時々思い出しながら不審なことがあった。不器用では人後に落ちない私に、彼女がよく縫物を頼んだことであろう。ある時はモンペを縫って欲しいと持ってきた。「それだけは……」と辞退したが、根がおっちょこちょいの私は、辛うじて縫って上げた。彼女はそれを穿いて学校に通った。

ついで彼女は上わっ張りを縫って欲しいと持ってきた。これも断りきれずに引受けたまではよかったが、袖山は輪にすべきなのに、ばっ

さり鋏《はさみ》を入れてしまった。そんな私を快く許した上、今度はスーツを縫って欲しいという。衣類はすべて切符制の時代である。全く無茶な話だが、これも何とか縫い上げてお渡しした。彼女はそれを着て、満州の少年義勇軍を慰問に遠く出かけたのであった。

（それにしても、いったいどうして……）と考えているうちに、このほど私はようやく、はたと気がついた。生徒たちに笑われるほど不器用な私に、その不得手を克服させようとして彼女は心を使ってくださったのだ。その深い親切が五十年もわからなかったとは……。以来感謝を新たに、どくだみ茶を味わっている。

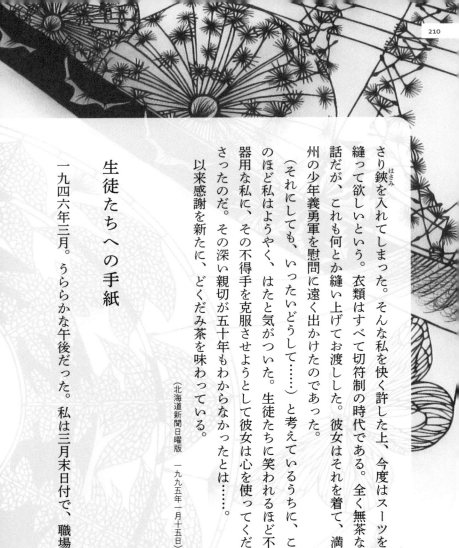

（北海道新聞日曜版　一九九五年一月十五日）

生徒たちへの手紙

一九四六年三月。うららかな午後だった。私は三月末日付で、職場の啓明小学校を退く予定でいた。生徒を教えるのがいやになって退職するのではない。別れるのは忍び難いが、敗戦によって教科書に墨を塗らせるという、思いもかけない事態に遭遇し、つくづく自信を喪失したからだった。

私は四年三カ月勤めたしるしに、何か置土産をしたいと考えていた。そして考えついたのが、受持生徒の一人一人に手紙を渡して去るということであった。

その日も放課後の時間を利用して、生徒宛の手紙を書いていた。と、職員室の引戸ががらりと開いた。見ると受持のS君が泣き出しそうな顔をして私を見た。S君は小学一年生から私に受持たれ、四年生になっていた。算数も国語もよく出来たが、あまり無駄話をしないおとなしい生徒だった。

「どうしたのイサムちゃん?」

何か言い出そうとしている彼に、私は尋ねた。

「ぼく……ふざけて、教室のガラス窓を割ってしまいました。ゆるしてください」

彼はそう言うと、目に涙を盛り上がらせた。「ガラスを割った？ そう、イサムちゃんは正直なのね。放課後のことだから、黙っていたらわからないかも知れないのに……その正直、先生は偉いと思うわよ」

私は手を伸べて彼の頭を撫でてやった。彼はほっとしたように、一礼して職員室を出て行った。私はそのうしろ姿を見ながら（そうだ、イサムちゃんにはこのことを書こう）と、心が明るくなった。翌日教壇に立った私は、みんなの前でイサムちゃんをほめてやった。そして生徒一同に、

「みんなも何かあったら正直に言うのよ」

と言った。その後幾日か、幾人かの生徒たちが私の前に詫びにやってきた。

「先生、ぼく、○○君の悪口を言いました」

「先生、わたし、妹を泣かせていじめました」

私はそれらの告白をいちいちうなずいて聞いてやり、頭を撫でて

やった。彼らの告白は改めて詫びるべきほどのことでもなかった。が、小さいことの故に却って胸を痛めているのかも知れなかった。私は別れの日に、一人一人に手紙を渡した。

昨年のクラス会に一人が言った。「おい、先生からの手紙、まだ持ってる奴いるか」。誰もいなかったが私はうれしかった。彼らは今六十歳を超えている。

（北海道新聞日曜版　一九九五年二月十二日）

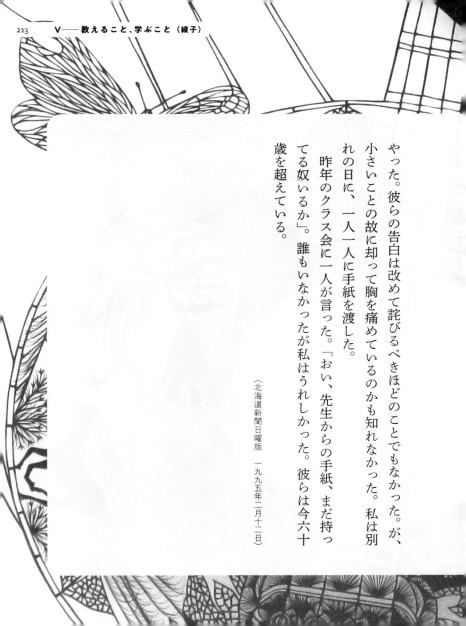

［光世エッセイ］

自然への礼儀

古い話になるが、一九四五年、敗戦の年の春から秋にかけて、私は森林主事特別講習という職務上の研修を受けた。

宿舎は札幌に近い野幌原生林の傍にあった。おそろしく粗末な宿舎であった。階下に教室が三つか四つあり、二階に寝起きした。蚤の多いのには参った。畳の上を跳ねている蚤《のみ》がいつも見られるほどだった。たまりかねて夜毎階下の教室に布団を運び、机の上に寝る者もいた。

この講習所から百メートル程離れた所に、林業試験場があった。これは立派な、大きな庁舎であった。函館本線の汽車の窓から、赤い屋根の庁舎が丘の上に建っているのを、以前よく見たものだが、いつの間にか建築物が建てこんで、近年は見えなくなった。

講習期間は六カ月に満たなかったが、講習科目はかなりあった。刑法、刑事訴訟法、法学通論等、法律に関する科目があり、林業の科目には森林利用学、森林保護学、造林学等があった。もう二つ三つあったと思うが、思い出せない。

小学校八年しか学校教育を受けていない私には、それぞれ興味を惹かれた。講師は林業試験場や、当時の北海道庁から講義に来ていた。森林保護学は、林業試験場勤務の井上元則という農学博士であった。この先生の講義は特におもしろかった。旧制中学しか出ていないにもかかわらず、学位を取られた方と聞いた。言葉に少し東北訛りがあって、

「命をひらった」

などと言っていた。野鼠の害を防ぐため、森林の中に撒いた猫イラズ入りの団子を拾って食べた者がいた。危うく命を落とすところだったが、助かったとか、そんなことを話してくれた時に言った言葉だった。

この先生の講義を聞いて、学位を取るとは何と凄いことかと思ったが、今も忘れられない。井上博士は森林の害虫の研究で学位を取られたという。およそあらゆる虫という虫を調べていて、文献に発表されていない虫を見つけると、徹底的にその生活史を追究する。結果を学会に発表して、認められると学位が与えられると聞いた。したがって、その辺にいる虫をほとんど知っているように思われた。

「おれの名のついた昆虫が、文献に二つはある」と言っておられた。博士の講義で忘れられないのは「自然界の均衡」という言葉である。自然界はおどろくべき均衡によって保たれているということだった。

森林保護学以外では、法学通論や刑法がおもしろかった。法学通論には、旧約聖書の律法に触れたテキストの文章があった。聖書の話は、少年の日に祖父から少し聞いていたこともあって、注目したのだが、さてどんな話であったか、今は全く覚えていない。

刑法、これは滅法おもしろい科目であった。どの線から犯罪が成立するか、という問題は特に興味ぶかく聞いた。講師は時に顔を赤らめながら話をしていたようだが、あれはいかなる場面について語っていたのだろう。正当防衛とか、緊急避難という問題もこの時に深く教えられたような気がする。

ところで、井上博士の部下として勤務されたという方に、つい先日お目にかかった。六月六日、くろゆり会という優佳良織のいわば同好会に出席した時である。この日、優佳良織工芸館の敷地の裏山を、三十人程の人たちと散策した。その時、植物の研究で学位を取られたという鮫島惇一郎という方にお会いしたのである。

鮫島先生は、散策の前にひとしきり森林や森林の中の草木について、一同に向ってお話をされた。これを私は感銘ぶかく聞いた。中でも、「自然への礼儀を、人間は持っていなければならない」との一語は胸に響いた。このごろ高山植物の盗掘とか、いろいろ問題も多い。確かに自然を大事にしたいと思うが、これを「自然への礼儀」とあえて言われたことに、私は心打たれたのである。

「はじめに神は天と地を創造された」

という聖書冒頭の言葉も連想させられた。

林の斜面の小路を、一同は杖を渡されて散策した。所々で鮫島先生は立ちどまり、草の形や花を指し示しながら、それぞれの特徴について話をされた。時に生えている草の花のつぼみを指で裂いて説明されたが、

「悪いのですが……」

とひとこと付け加えられるのにも感服した。一木一草にこよなく愛情をお持ちなのだ。私はふと、質問をした。

「先生は、ほとんど知らない草はないのでしょうね」

するとお答えが返ってきた。

「ほとんど知らない草ばかりですよ」

どうやら愚問を呈したようで、いささか恥ずかしくなった。

それはともかく、「自然への礼儀」の一語は、見本林についても、私に考えさせるところがあった。見本林は森林の分類上、人工林ということになる。天然林ではない。一八九八年苗木の植栽によって造られた林である。

しかし、人間の手入はあったとして、木々の成長は人間の力によってなされるものではない。ひとえに自然の力である。見本林また然りである。この見本林開設百年の節目の年に三浦綾子記念文学館が建てられ、早くも三年が経過した。様々な意味で感謝の思いが増すばかりである。

（三浦綾子記念文学館館報「みほんりん」第七号　二〇〇一年七月十三日）

多喜二の女性観

この頃、戦時中の慰安婦の問題がしきりに目につくようになった。朝鮮の若い女性を、路上などで手当たり次第拉致《らち》して慰安婦にしてしまったという話は、幾度聞いても心がふるえる。その中には乳呑児を抱いた若い母が、子供と引き裂かれるように連れ去られた例もあるとか。

男性はいったい、女性を何と心得ていたのであろう。今の時代も、海外への買春ツアーの客たちが絶えないと聞く。もし男性が、女性というものを、肉体的本能を満足させるためだけの存在として考えているとすれば、そんな女性観の上に築かれた結婚生活は何とむなしいものであろう。

それにつけても思われるのは、小林多喜二の女性観である。多喜二は小樽高商を卒業した時、田口タキという女性に恋をした。タキはまだ十七歳の、あいまい屋に働く娘だった。家が貧しく、幼少の弟や妹の多い家庭の長女だった。昭和初期の貧しい日本の中でも、特別貧しい生活の中で、タキは親に身売りをさせられた。当時は、貧農の娘が何千人も売られていった悲しい時代である。そんな時代の中で、けなげに働くタキを多喜二は、なんとか苦界から助け出してやりたいと願うようになった。そして母親に相談し、自分のボーナスを全部このためにふり向け、なお足りないところを友人から借りさえした。

　こうして多喜二は、タキを身請けしたが、その体には触れなかった。人間は金で買ったり売ったりするものではない。女性も自分の力で働き、自立しなければならないと、日頃言っている自分が、タキを自由にしてやって、自分が手をつけたのでは、タキを金で買ったことになる。そんな結びつきではいけないと、多喜二は自制し、タキにも言って聞かせた。

私はこの話を初めて聞いた時、強い感動を覚えた。その時多額の金を多喜二に貸した島田正策氏は、

「多喜二はタキちゃんに手をつけませんでしたね。結ばれたのは東京に世帯を持った時が初めてだと思いますよ」

と言われた。何百円もの大金を出して身請けした女性にさえ、手を触れなかった多喜二の自制力、ものの観方考え方、人間を大事にするとはどんなことかを、身をもって示したそのあり方に、私は驚愕した。

タキもこの多喜二の勧めに従って、少しでも向上すべく字を覚えたり、短歌を暗誦したり、堅気な病院やホテルなどに働いたりしながら、美容学校に入学するための金を貯める。自立自立と、常に説いた多喜二の心は、タキにはよくわかったのだ。

多喜二は女性を単に性欲の対象とはせず、共に人間として生きていく相手として、心底から対していたのだ。もしこの世に、多喜二のような男性ばかりいるとすれば、買春ツアーもなければ、恥ずべき慰安婦問題も起きなかったにちがいない。

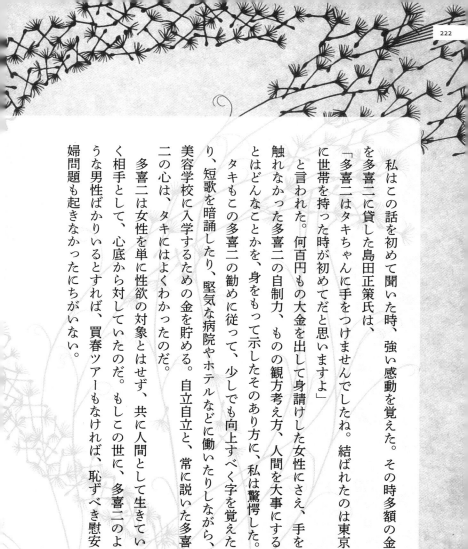

人間の悲しさ

（北海道新聞日曜版　一九九二年六月二十八日）

今から四十年以上も前の話である。私は肺結核患者だった。当時結核には特効薬がなく、気胸術が肺結核に施されていた。毎週一度、保健所や療養所に行って医師から気胸術を受けるのだが、この術を患者たちは恐れていた。と言うのは、時に施術中に死亡するという事故が起きていたからである。太い針を胸にずぶりと刺され、どこやらに空気を送り、肺を縮めるらしいのだが、術後の胸の重苦しさは、実に異様な感じがしたものだ。

ある日のこと、私はこの気胸術を受けていて、不意に目の前がまっ暗になった。気を失いかけたのか、医師の声が遠くで聞えた。何やらあわただしい動きがあって、再び目があいたのだが、まっ暗になった

瞬間、私は、

（あ、死ぬのか）

と、われながら素早く、素直に事態を受入れた。死にたくないとも思わず、恐怖も起こらず、これが聞いていた気胸事故なのだなと、納得した。あのまま死ねば、私の死はまことに従容《しょうよう》たるものであったかも知れない。

だからと言って、この一瞬が、私の死に対する態度と全生活を語るものと言えるだろうか。私はしばしばそう思ったものだ。次にまた同じ事故に出遇った時、あるいは他の病気か怪我が原因で死に面した時、同じ冷静さをもって自分の死を受入れることができるだろうか。私は、「死にたくない」と叫び、「助けてくれ」と喚き、泣いたり怒鳴ったりの大醜態をさらすかも知れないのだ。その私と、気胸事故の時の私と較《くら》べて、人はどう評価するであろうか。私はあれからきょうまで人の最期というものが、その人の一生を語るものかどうか分からぬと、幾度思いつづけてきたことだろう。

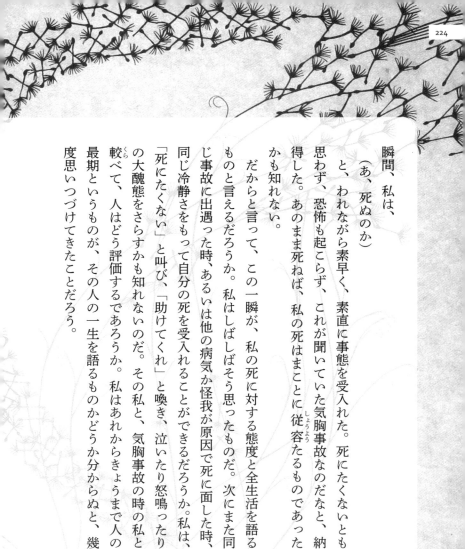

いつか牧師から説教の中で、こんな話を聞いた。太平洋戦争によるある俘虜《ふりょ》収容所での話である。その一室にいた日本人俘虜たちは、すべて処刑されることに決定していた。それを知りながら、日本人俘虜たちの毎日の生活は極めて礼儀正しく、自制的で粛然としていた。大声で争ったり、わが身の不幸を恨んだり泣いたりする者は、一人もいなかった。誰もが讃歎するような、規則正しい日々が繰り返されていた。それをじっと見つめていた収容所側では、死刑は免除されたと告げた。みんな抱き合って喜んだ。うれし泣きに泣いた。

そんな日々が過ぎて幾日か経った頃、収容所側は、処刑の日を発表した。死刑の免除は嘘であった。死を前に、静かに生きている日本人俘虜たちの態度に嫉妬を感じてのことかどうかは知らないが、故意に死の免除を告げ、そして再び死を宣告したのだ。何と残虐なことであろう。生から一転、死に突き落とされた俘虜たちの乱れは甚だしかった。嘆き、喚き、恨みの中に処刑されたという。

この話の中に私は、単純に一つの死をもって語ることのできない人間の弱さ強さ、美しさ醜さの種々相を見る。同時に人間の残虐の限りなさを見るのである。

（北海道新聞日曜版　一九九二年十二月十三日）

ある一生

「おい、吾市が生きていたぞ！　吾市が生きていた！」

手紙を読んでいた父が大声で叫んだ。もう六十年近くも昔の話である。吾市は父の弟であった。私たちが物心ついた頃には、この叔父は旭川にはいなかった。吾市という名は、私たち子供の耳には入らぬように、大人たちの耳から耳に伝わっていたようだった。それでも私たちが成長するにつれて、どこからともなく吾市叔父のことを知るようになった。

叔父は結婚して一年も経たぬうちに、妻に去られてしまった。置手紙も何もなかった。写真で見ると、その妻は丸顔の明るい感じの女性だった。何があろうと、家を飛び出すような感じはみじんもなかった。しかも吾市叔父と彼女とは、傍も羨む仲だった。が、結婚三カ月頃から彼女は軽い咳をするようになった。当時は一町内に数人の結核患者がいる時代だったから、彼女も同じ病に罹ったのだと、思いこんで悩んだらしい。肺結核は即ち死刑の判決に等しかったのだ。

彼女が姿を消して間もなく、吾市叔父は妻を探しに行くと言って家を出た。以来十余年、吾市叔父も彼女も消息不明だった。父は、新婚早々の二人の不幸せを思って、かなり力を落としていたようだったが、三年もすると、二人の名を口にすることがなくなった。どうやら父は、二人は病気を悲しんで、共に命を絶ったものと想像していたようだ。

その吾市叔父からの連絡が入ったのだ。

「そうか、生きていたのか」

父はぽとぽとと涙をこぼした。幾日かの後、吾市叔父は父の肩に縋《すが》るようにして、私たちの前に姿を現わした。思いがけなく色白の、目の細い、柔和な顔をした男だった。顔立は柔和だが、視線は宙に向けられていた。

旭川をあとにして、長い年月探しまわった妻の行方は、遂に突きとめ得なかった。その苦労の果てに病いを得、叔父は私たちの父に旅先から手紙をよこしたのであった。

叔父は一旦は健康を取り戻したが、気力は戻らなかった。本州に住む妹の家に、気分転換のため二年程遊んでみたが、依然としてうつろな眼の色だった。

再び旭川に戻って来たが、数年後に叔父は死んだ。太平洋戦争の始まる前の年だったと思う。叔父の柩を乗せた馬橇が、雪道を遠ざかって行った。それを見送りながら、一人の妻をこよなく愛した叔父の一生を、娘心にかなしく思ったものだった。

（北海道新聞日曜版　一九九四年五月一日）

受洗記念日

四十二年前のきょう、私は入院先の札幌医大病院の一室で、小野村林蔵牧師より洗礼を授けられた。きょうのように、あの日も夏空が美しく晴れた日であった。

敗戦後私は、信じ得る何ものをも失って、虚無的になっていた。（まじめに生きてなどやるものか）という思いがいつも心の底にあった。が、自分の生は自分だけの生である、誰が生きるのでもない、この私が自分の生を生きるのだ、という思いが、徐々に私をしてキリストを信じさせた。

そして一九五二年七月五日のその日、肺結核と脊椎カリエスを病む私はベッドに仰《ぎょう》臥《が》したまま、札幌北一条教会の小野村牧師から洗礼を受けた。戦時中、その信仰の故に投獄された牧師から洗礼を受けるということは、私にとって誇らかなことでもあった。

私の病床受洗に立会ってくれたのは、越智一江看護婦、山田要子看護婦、そして西村久蔵氏であった。教会長老の西村久蔵氏が、銀の器であったろうか、洗礼盤を捧げ持っていた。牧師は新約聖書のロマ書第六章を読み、

「堀田綾子、父と子と聖霊の名によって、洗礼を授ける」

と、おごそかに言って、洗礼盤の水を指で掬い、私の頭に滴らせた。不意に私の目から涙が噴き出した。一条の光が胸に差しこんでくる思いだった。越智さんたちも泣いた。西村長老も、大きな体を震わせて泣き、そして心をこめて祈ってくれた。

「神よ、この堀田綾子姉妹が一日も早く病床から解き放たれ、神の御用に仕える器としてお用いください」

また小野村牧師は、式のあと私を優しく見つめ、

「必ず治りますよ」

と、宣言するように言われた。一体誰がこの時、寝たっきりの私が癒され、その後、四十年以上も長らえることになると思ったことだろ

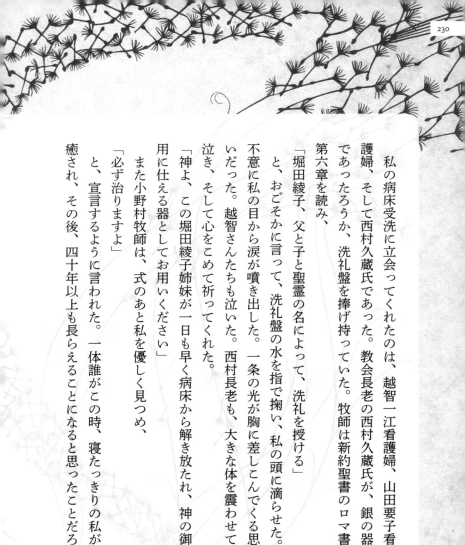

う。

この日、私を信仰に導いてくれた前川正が、旭川の自宅で、時を同じくして聖書を開き、讃美歌をうたい、私の洗礼のために祈ってくれたのであった。

この前川正は、私の受洗後二年と経たぬうちに、結核の手術が成功せず、惜しくも天に召されて行った。三十三歳の生涯であった。

西村長老は、その前年に急逝され、数年後には小野村牧師も世を去られた。

今年の受洗記念日は、これら先に天に召されて行った方々のことが、なぜか繰り返し思い出されてならない一日であった。

（北海道新聞日曜版　一九九四年七月二十四日）

小野村林蔵……1883～1961年。大阪市生まれ。1918年から、日本基督教会札幌北一条教会の牧師に就任。1952年7月5日、三浦綾子に洗礼を授けた日のことは、『道ありき（青春編）』（1969年）の三三章に詳しい。

若き命を

「あと八年経ったら、迎えに来ます。いいですか。待っていてくれますか」

あまりにも唐突な言葉だった。昭和十三年のその夏、私は姉と、受持女教師のS先生と共に、旭川駅に一人の傷病兵を見送っていた。

この傷病兵Yは、S先生と同郷の酒田出身ということもあって、私たち女学生は陸軍病院によく見舞に行っていた。一年が過ぎ、小康を得たYは、その日衛生兵に付添われて、故郷へ帰ることになったのだった。

思いがけない言葉に、まだ十六の小娘の私はうろたえた。が、一方、すでに予期していたかのように、私は大きくうなずいた。

S先生は、以前からYの気持を聞いていたのか、客車の窓から身を乗り出しているYの前に私を押しやり、「握手をなさいよ」と幾度も言ってくれた。が、私はオカッパ頭を横に振り、頑《かたく》なに若草色のレインコートのポケットに両手を突っこんだままだった。やがて汽車の汽笛が鳴り、汽車は動き出した。その二年後、彼は病状が悪化して死んでいった。

それから十年の歳月が流れた頃——私の前に一人の医学生が現れた。幼馴染みのMであった。彼は虚無的になっていた私をキリストに導き、短歌を勧めてくれた。私もMも、共に肺を病む療養者ではあったが、当時はまだ三、四キロは歩けるほどの体力があった。

彼は毎日のように手紙を書き、週に一度は見舞に来た。私たちは文学の話や、聖書について熱心に語り合った。

彼は相当親しくなっても、握手を求めることはなかった。うす暗い街灯の下で別れる時など、五、六歩離れてからふり返り、二人はその場で握手の真似ごとをした。これを私たちは「空中握手」と名づけた。私はこの握手が好きであった。

そんな五年が過ぎたある冬の日、Mが見舞に来た。私はギプスベッドに寝たきりになっていた。彼は帰る時、立ち上がって礼儀正しくお辞儀をした。そして、出口の所でまたお辞儀をし、何か言っては頭を下げた。

「今日はどうしてこんなにお辞儀をするのでしょうね。実は僕、握手して欲しかったんです」。彼はそう言って私のそばに戻り、握手をすると、安心したように帰って行った。これが彼との最後となった。彼は翌年五月二日、天に召された。

この頃、自衛隊海外派遣のニュースを見る度に、なぜかこの二人の青年との握手が思い出されてならない。いったいどうしたわけだろう。

（北海道新聞日曜版　一九九四年十月十六日）

赤飯

〈喜ぶ者と共に喜び、泣く者と共に泣け〉

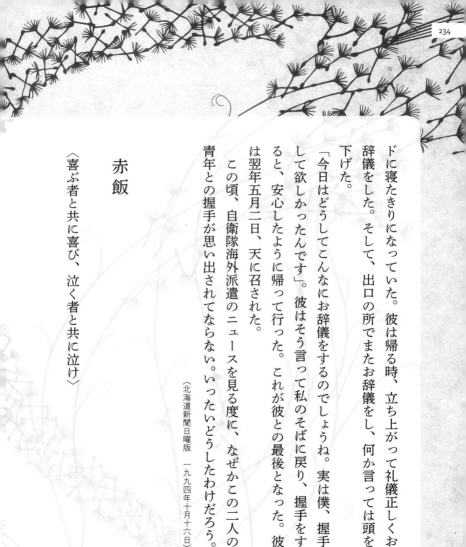

という言葉が聖書にはある。

私が初めて劇映画を見たのは、九歳の時だった。長谷川一夫・田中絹代主演の『金色夜叉』だった。男は貧しいが故に、美しい恋仲の女に捨てられる。私はその映画を見ながら、おいおい泣いた。映画が終って、館内に電灯が点いてもしばらくは立ち上がれなかった。終ると同時にさっと立ち上がり、帰りかける大人たちを見て、

(どうしてこんなに悲しい映画を見て、一緒に泣いてやらないのだろう)

と思ったことを覚えている。今まではむろん、これは微笑ましい思い出の一つに過ぎないが、考えてみると、人はなかなか同情しないものである。

「うちのおばあちゃん、先月死んじゃったの」

言いながら顔も声も笑っていたのを、見たことがあった。あの場合、笑うには笑うだけの言分があったのだろうが、それでも人間の恐ろしい一面を見たようで、あまり気持はよくなかった。

ところで〈喜ぶ者と共に喜ぶ〉ということは、〈悲しむ者と共に悲しむ〉よりも、もっとむずかしいことかも知れないと、この頃しきりに思うようになった。

過日、帯広在住のクラスメイト菅原キミさんから電話があった。話がたまたま三十年前の小説『氷点』入選当時のことに及んだ。

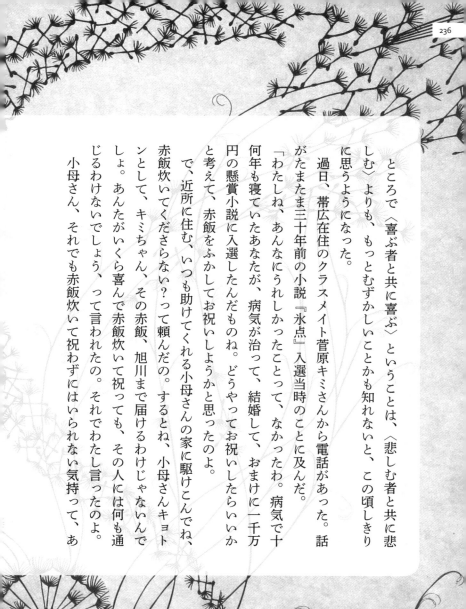

「わたしね、あんなにうれしかったことって、なかったわ。病気で十何年も寝ていたあなたが、病気が治って、結婚して、おまけに一千万円の懸賞小説に入選したんだものね。どうやってお祝いしたらいいかと考えて、赤飯をふかしてお祝いしようかと思ったのよ。

で、近所に住む、いつも助けてくれる小母さんの家に駆けこんでね、赤飯炊いてくださらない？って頼んだの。するとね、小母さんキョトンとして、キミちゃん、その赤飯、旭川まで届けるわけじゃないんでしょ。あんたがいくら喜んで赤飯炊いて祝っても、その人には何も通じるわけないでしょう、って言われたの。それでわたし言ったのよ。

小母さん、それでも赤飯炊いて祝わずにはいられない気持って、あるじゃない？　こうしてあの日、赤飯炊いて祝ったのよ」

私は涙がこぼれてならなかった。私ならどうするか。多分喜ぶだけで、赤飯は炊かないだろう。ともあれ、〈喜ぶ者と共に喜ぶ〉には、よほどの愛を要するのではないだろうか。

（北海道新聞日曜版　一九九五年三月十二日）

映画**『金色夜叉』**…野村芳亭監督、松竹キネマ蒲田撮影所、1932年公開。長谷川一夫は当時「林長二郎」名。

［光世エッセイ］

大学生との座談会

六月二十二日の午後三時から、午後四時四十分まで、北大生十人程との座談会が、当文学館で催された。

私は学生たちの質問を受けて、日頃考えていることを述べた。学生の一人は、「三浦綾子の作品を全く読んでいない」と言い、「何を読んでいいか、わからない」とも言った。

これに対して、ぜひ『塩狩峠』を読んでほしいと私は答えた。『塩狩峠』は長野政雄という人物の、いわば伝記小説である。長野氏は明治末期、旭川において国鉄に勤務、一部署の庶務主任であった。まだ独身の青年であった。旭川六条教会の大先輩であり、熱心なキリスト者であった。職場での余され者は、すべてこの長野主任の下に回されたと聞く。

この長野青年は、明治四十二年二月二十八日、名寄から旭川に帰る途中、乗っていた最後部の客車の連結器の故障で、その一輛が逆走する事故に遭遇した。乗客が総立ちとなった時、彼は乗客を静めデッキに出て、ハンドブレーキを回した。が、客車は停止にまで至らず、自らレールの上に身を投じ、客車をとめ、乗客一同の命を救った。

その事実をもとに綾子が書いたのが『塩狩峠』である。資料が少なく、主人公を永野信夫という名にして書いているが、綾子の作品中、最も多く刊行されている。私はその北大生にぜひこの作品から読んで欲しいと勧めた。

小説『氷点』のテーマ、原罪について問う学生もいた。

旧約聖書の創世記には、人間の始祖アダムとイブが、エデンの園という楽園に住んでいながら、神の言葉に背いて、知恵の実を取って食べ、楽園から追放された記事が書かれている。これがそもそもの人間の罪の始めで、以来人間は罪を背負って生きなければならなくなったという。すなわち原罪である。

高野斗志美前館長は、かつて綾子に、原罪とは何かと問うた。それに対して綾子は、

「的を外れて生きること」

と答えたという。では「的」とは何か。人間の見つめるべき存在とでもいえよ

うか。この頃、神ぬきの知識、心をぬきにした生き方が問われている。知識優先、知育偏重は確かに問題である。正に「人間よ奢るなかれ」である。

学生の中には、「死をどう見るべきか」という問いを発する者もいた。私の手に余る問題ながら、聞きかじっていることを答えた。

人間は本来、死なない存在であったこと、だが、罪の故に死の恐怖を引きずって生きるようになったこと、死が一瞬のことであれば恐ろしくはない筈だが、死が永続する場合、ますます恐ろしいものとなること等を話した。永続する死のあることは、キルケゴールの本で読んだことがあった。

しかし、キリストの贖罪を信ずる時、死はすべて安息になるとも聞いている。では信じない者はどうなるのか。神は全能者、人間一人一人の生き方を、公平に評価されるのであろう。

「綾子さんと死別して、今どんなふうに思っているのか」

こんな問いもあった。私はいつも教会で称える「罪の赦し、体の甦り、永遠の命を信ず」の箇条をそのまま信じているが、では具体的に、人間の死後の状態はどうなるのか、妻は今どこにどうしているのか……となると、確答はできない。

妻と再会する日が与えられるとして、いかなる状況のもとに、それがなされるのか、これも明確に想い描くことはできないが、復活は聖書の指し示す希望であり、私はこれを信ずる。ある学派はその復活を否定し、次のような一つの仮説を立てて、キリストに質問しているが、私は到底それにくみすることはできない。「一人の女性が結婚した。その相手が死んで彼女は先夫の弟と結婚した。が、その彼も死んだ。次に三男と結婚し、こうして七人の兄弟それぞれと結婚した。もし復活があるとすれば、この女は一体誰の妻になるのか」

これに対して次のようにキリストは答えた。

「復活した暁は、天使のような存在となり、もはや娶《めと》ったり、嫁いだりすることはない。もはや死ぬことがないからである」と。

この会話をもとに、私は、かの世まで夫婦生活を持ちこむのではない。が、夫婦という関係を遥かに超えたお互いとして、存在させられるのであろう。私はそんなふうに答えた。

人間を造られた神は、先の先まですべてを掌握されているはずである。現在われわれが持っている知識で、何もかも理解しようとするのは傲慢ということになろう。

命の尊さについても、少しく話し合った。私は毎朝、起き上がって窓をひらいて、隣家の広い野菜畠と花畠を見る。そして美しい花に注目する。そこに育つトマト、キユウリ、トウモロコシ等を眺める。今は芍薬の白い花、赤い花が美しい。丈の高いその他小さな花、大きな花、黄色い花、紫の花等々が咲き乱れている。花もあれば、地面に張りつくような草花もある。実に多種多様だ。見れば見るほどど、この地球がいかにすばらしいかを思わずにはいられない。庭木もまた見飽きない。朴《ほお》の木の広い葉、細いアラランギの葉、始めから紅葉している木があり、これまた多様であり多彩である。これらの草木が、すべて黒い土の中から出ている。これらすべてが単なる偶然の所産とは到底思えない。

〈神の見えない性質、すなわち、神の永遠の力と神性とは、天地創造このかた、被造物において知られていて、明らかに認められる〉

とは、新約聖書のローマ人への手紙第一章の中の言葉だが、確かに被造物を見ていれば、神の力を否定し得なくなるのではないか。

しかも、この驚くべき地球上に、人間は生かされているのだ。私たち人間は、地球から見たら、あまりにも小さく、ゴミのような存在であるが、しかし人体は小宇宙ともいわれている。細胞が五十兆とも八十兆とも聞いた。学生の一人は、六十兆と言ったが、何れにせよ、驚異的存在である。

こんなことを若い学生たちと話し合えたことは幸いであった。私の会ったその学生たちは、皆ＹＭＣＡの寮にいると言った。ＹＭＣＡとは、〈キリスト教の信仰に基づいた、世界的な青年男子の団体。キリスト教青年会〉と辞典に書かれてある。が、彼らは誰も信者ではなく、聖書もほとんど読んでいないという。そこで私は、あえて聖書を読むことを勧めた。旧約新約聖書全篇を、只の一度通読するだけで、おおよその書物（専門書は別として）が読めるようになると何かで読んだことがある。

聖書は「永遠のベストセラー」「世界最大の文学」とも言われる。誰でも自由に手に取っていい。妻綾子は、多かれ少なかれその思想を伝えたくて、九十冊余の本を書いた。聖書は初めは読みにくいが、綾子著の『新約聖書入門』『旧約聖書入門』を参考にしてみてはどうか。私はこんなことも学生たちに勧めた。

ともあれ、このような座談会が与えられたことは幸いであった。

（三浦綾子記念文学館館報「みほんりん」第十一号　二〇〇三年七月三十一日）

韓国旅行を終えて

十月十八日から十月二十一日まで、三泊四日の日程で、初めて韓国に行って来た。ソウル市で劇団「青年劇場」の『銃口』の舞台公演が予定されていて、その挨拶をして欲しいということであった。

が、韓国に来た序《ついで》に講演もして欲しいと頼まれ、ソウル市内の永楽教会で、一時間程話をした。聴衆はおよそ四百人、そのうち日本人が何人いたのか、韓国人が何割いたのか、はっきりしないが、通訳つきで六、七十分話をした。

内容は、かつての日本の朝鮮・韓国に対する非道な歴史に重点を置き、謝罪の気持をこめて話した。拙い話ながら、皆さんよく聞いて下さった。日本人として、私は韓国の皆さんに詫びなければいけないと言った時、前のほうにいた五十代の婦人が涙を拭いておられた。多分韓国籍の女性であったと思われる。

私は、生前よく言っていた妻綾子の言葉を忘れずに伝えようと思っていた。綾子は遂に韓国を訪ねる機会はなかったが、

「わたし、もし朝鮮・韓国に行ったとしたら、とても胸を張って歩くことはできない。這って歩かねばならない」

と言っていた。誰に対しても詫びるべきことは、必らず詫びる綾子であったから、それは当然の思いであったろう。

事実、日本は朝鮮・韓国に対して、ひどいことをした。朝鮮併合、創氏改名等々、何とも申し訳のないことを数多く重ねた。強制連行されて、重労働を強いられた人は一体何人に及んだことであろう。

今も口惜しい思いをしている人も少なくないはずである。この度の滞在中、私はソウル市の一つの公園を案内された。たまたま道べに腰かけていた六十代とおぼしき女性が、私を日本人と見て、何か詰る言葉を発した。言葉がわからないまま通り過ぎたが、案内者は、「小泉首相の靖国神社参拝に対する抗議ですよ」と言った。確かに中国、韓国の人にとっては、日本の総理大臣が靖国神社に参拝することは、耐え難いことであり、大きな脅威と言えよう。いかに小泉総理が、

「わたしは個人的に参拝した」

と言っても、総理の肩書は外しようがない。つくづく参拝は取り止めて欲しかっ

たと思う。

ソウルには、私のソウル行きを知った堺市の韓国婦人が、その息女と共にわざわざ会いに来てくれた。かつて旭川で韓国料理の店を経営しておられた方で、七十七歳の方である。しばらくぶりに会うことができて、私も嬉しかった。この方とは、旭川六条教会の礼拝でよく会っていた。その店にもよく綾子と共に行ったものである。日本名は大山富子。この名前にも改めて、申し訳ない思いになった。彼女は、

「当時の政府がしたことで、庶民にとってはお互い責任のないことです」

と言ってくれたが、すまない思いは消すべくもなかった。

日本はかつて、神国であった。天皇は現人神、すなわち生き神様である。遂行している戦争は聖戦、いかに不利になっても神風が吹いて敵を一掃してくれる、と教えられていた。戦時中、私などはこれをそのまま信じていた。綾子も信じて生徒に教えていたが、敗戦後その誤りを知って、教壇を下りた。

人間はどこまで行っても人間、神などと言える筋合は全くない。にもかかわらず、日本では天皇を神とした。ある時昭和天皇は、

「わたしも同じ人間であるのに、どうしてお前たちはわたしを神というのか」

と、おつきの者に問うたとか。するとおつきの者は答えた。

「いえ、陛下が神になっていて頂くことが、都合がよろしいのであります」

誰が都合がよかったのか。当時軍隊では、

「上官の命令は、天皇陛下の命令と心得よ」

と部下に言い、果ては侵略戦争にも駆り立てて行った。確かに軍隊では都合がよかったかも知れない。しかし、天皇自身には全く都合はよくなかった。

一九四五年八月十五日、神風も吹かず日本は敗戦の日を迎える。そして半年と経たぬうちに、天皇は、

「わたしは人間であって、神ではない」

と宣言する。いわゆる人間宣言である。人間がこと改めて自分を人間であると宣言するとは、何とも情けない話である。不都合な話である。

それやこれや、いろいろな思いを抱きながらの韓国旅行であったが、北海道新聞旭川支社の赤木国香という女性記者が、取材記事を書くために、同行してくれた。

韓国滞在中、彼女は三回程記事を書いて、インターネットで本社に送稿した。さすがプロの記者、優れた文章におどろいたが、これを読んで腹を立てた人もあったらしい。私が韓国の人に詫びたということ、これがどうにも納得できなかったのであろう。何のために詫びるのか。しかも一個人が、偉そうなことを言うな、と思ったにちがいない。

二回目の記事の出た翌日であったか、わが家の物置きの壁に貼っておいたポスターがむしり取られて、玄関脇に丸めて捨てられてあった。物置きは通りに面している。そこにポスターや催しの案内などを貼っておくのであるが、今回は小説『銃口』の舞台劇のポスターを貼っておいた。この舞台劇は三年前から、劇団青年劇場で公演がつづけられている。今年は十二月十三日に旭川でも上演される。このポスターが剥がされ、捨てられたのである。

明らかにいやがらせであったと思う。秘書が「気をつけて下さい」と言った。気をつけようもないのであるが、どうしたらよいか。人間・個人的にも社会的にも、詫びるべき時は率直に詫びる必要がある。

時折聞く言葉に「自虐」とか「自虐思想」という語があるが、この語を盾に、詫びるべきことも詫びないということでは困ると思うが、いかがなものであろうか。

韓国への旅行から、話は思わぬ結末になった。これも人生の一端ということになろうか。

（三浦綾子記念文学館館報「みほんりん」第十六号 二〇〇六年二月一日）

解説

夫婦エッセイという、「手当て」

田中　綾

一二〇〇字の小宇宙。本書を手にとられた方々には、三浦綾子の来し方＝来た「道」と、公私とものパートナーであった三浦光世の「道」が、あたたかな体温とともに伝わっているのではないだろうか。

本書所収の三浦綾子のエッセイは、一九九〇年十月から一九九五年三月まで、北海道新聞日曜版にほぼ毎月掲載された五十七編である。一編の文量は、四百字詰め原稿用紙三枚。約一二〇〇字と短いながらも、さまざまな話題が過不足なく読者に提供されている。

それらに、綾子を支え続けた夫・三浦光世のエッセイ十三編を加え、「親と子、そして友」「こころと希望と幸福と」「創作の日々」「夫婦の日常」「教えること、学ぶこと」「平和と祈り」という六つの章に分け、読みやすく編まれている。どの章からでも、気軽にページを開くことができるのがうれしい。

執筆時の三浦綾子の年齢は、六十八歳から七十三歳であり、ほぼ晩年に近い期間にあたる。これらのエッセイと重なる一九八九年から一九九二年の日記抄は、『この病をも賜ものとして　生かされてある日々2』（日本基督教団出版局、一九九四年）に収録されているが、本書と並行してそれを読むと、「体重四十・五キロ」（一九九二年）と痩せ続けてゆく身体を休めることもなく、多忙な日々を送っていたことがうかがえる。

たとえば、一九八九年には、作家生活二十五周年記念「三浦綾子展」（主催／北海道文学館・北海道新聞社）が札幌市と旭川市で開催され、テープカットやサイン会など、多くのイベントが目白押しであった。一九九二年には、パーキンソン病の診断を受け、身体が思うように動かせないという症状と向き合うこととなったが、そんななか、『三浦綾子全集』全二十巻（主婦の友社）が刊行されている。取材や来訪者の対応も増え、日々届く郵便物の量も減ることはなく、さすがにオーバーワーク気味でもあったらしい。けれども、連載はじめ、人付き合いもけっして手を抜くことなどなかったそうだ。

そのような忙しい時期に書かれたエッセイだが、話題は、戦時下の教員時代の回想や、療養時代のエピソード、近年の事件についてのコメントなど、じつに幅が広い。さらに松本清張への追悼や、折々の生活で気付いたこと、執筆中の小説の話題など、時間軸を自由自在に往還しており、書き手としてのアンテナの高さがあらためて感じられるところである。

私が個人的に興味深く再読したのは、最後の長編『銃口』（小学館、一九九四年）の執筆過程の肉声である。『銃口』は、小学館の月刊誌「本の窓」に連載されたもので、一一〇〇枚を超える長編小説である。「北海道綴方教育連盟事件」という戦時下の重い事件を扱った作品であり、事件そのものの歴史的な検証は、佐竹直子『獄中メモは問う　作文教育が罪にされた時代』（北海道新聞社、二〇一四年）で詳しくなされているので、併せてお読みいただきたいと思う。

本書の「鎧戸」「寄せに入って」「隣人」「罪の深さ」など数編は、まさに執筆の臨場感を伝えており、じっくりと読み込んでしまった。とくに、「寄せに入って」は、『銃口』連載もあと数回まで来たところ、初めて、編集者から書き直しを求められたという、どきりとさせられる内容である。一九四五年八月十五日の敗戦時、「満州」（現・中国東北部）に渡った主人公が列車に乗るが、史実として、その日は列車が運行していなかったと指摘されたのだった。「未だかつて一度も書き直しの憂き目に遭ったことがない」三浦綾子の動揺と落胆が、なまなましく書かれており、強く印象づけられた。

同じ内容は、のちに三浦光世の著書『三浦綾子創作秘話』（主婦の友社、二〇〇一年）で、夫の側から語り直されているが、ベテラン作家としては相当に辛い出来事であったのだろう。

体力的にもきついなか、それを乗り越えて完成させた二人の強い絆が思われる。

他方、本書には、日中戦争下に勤務していた北海道歌志内の神威尋常高等小学校の思い出が折々はさまれている。これは、『銃口』の主人公である北森竜太が、神威尋常高等小学校をモデルとした「幌志内」の小学校の教員、という設定であることと関係があるのだろう。自身の体験と結びつけながら、作中人物を塑像していたことがうかがえ、作家の心の動きを垣間見たようでもある。


本書でさらにじっくり読み込んだ章は、「Ⅳ　夫婦の日常」である。二十三編と、他の章よりも文量が多く、長年寄り添った二人だからこその「日常」が、飾らない言葉でつづられている。

たとえば、三浦光世の「手当ての効用」には、お互いの身体の調子の悪いところに「手」を当て合うと快方に向かう、ということが書かれており、「手当て」という漢字の意味が特別に輝いて見えてくる。琴線に触れる一編と思う。

三浦綾子の「『男はつらいよ』三浦家版」には、毎日丁寧にマッサージをしてくれる光世の姿が描かれているが、これを実際に筆記して原稿に仕上げたのが当の三浦光世であることにも想像力を及ばせたい。光世自身、口述筆記をしながらおもはゆい部分もあったのかもしれないが、感謝の念をこのように具体的に言語化できる夫婦は、ひじょうに稀少な存在と思われる。三浦綾子・三浦光世の共著も何冊も出ているが、本書は、「夫婦エッセイ集」として、二人の呼吸の一体感を確かめながら、読み味わっていただきたい。

さて、今年二〇一八年、三浦綾子記念文学館（運営は公益財団法人・三浦綾子記念文化財団）は開館二十周年を迎える。本書の「注」は、同館の学芸員・長友あゆみさんにも力添えいただいた。

三浦綾子記念文学館では現在、三浦夫妻の口述筆記の書斎を、新設予定の「別館」に移設・復元するという記念事業を計画しており、その節目の年に、三浦文学とゆかりの深い北海道新聞社からこの夫婦エッセイ集を刊行していただけることが、率直にありがたく、うれしい限りである。

文末で恐縮ながら、ブックデザイナーの江畑菜恵さま、切り絵作家の波佐見亜樹さま、企画・編集に細やかなお心配りをして下さった高畠伸一さま、加藤敦さまはじめ、事業局出版センターのみなさまに深く御礼申し上げ、筆を擱くこととしたい。

（たなか・あや　三浦綾子記念文学館館長）

三浦綾子（みうら・あやこ）
1922年、旭川市生まれ。教師を務めるが、敗戦の翌年退職。13年間の闘病生活の間にキリスト教の洗礼を受け、59年、三浦光世と結婚。『ひつじが丘』『塩狩峠』『道ありき』『天北原野』『泥流地帯』など多数の著作を遺し、99年逝去。享年77歳。

三浦光世（みうら・みつよ）
1924年、東京生まれ。49年、キリスト教の洗礼を受ける。59年綾子と結婚。66年、旭川営林局を退職、綾子の著作活動サポートに専念。2002年から三浦綾子記念文学館館長を務めた。14年逝去。享年90歳。

収録作品の中には、現在では差別的とされる表現が一部使われていますが、筆者が故人であること、差別助長の意図はないこと、また、執筆当時の時代背景を鑑みて、原文のままとしました。人物の肩書や組織名なども執筆当時のままとしています。
なお、人名などの注は三浦綾子記念文学館によります。

装幀・組版　江畑菜恵 (es-design)
写真提供　株式会社りんゆう観光

信じ合う　支え合う
三浦綾子・光世エッセイ集

2018年4月25日　初版第一刷発行

著　者　三浦綾子・三浦光世
発行者　鶴井　亨
発行所　北海道新聞社
〒060-8711　札幌市中央区大通西3丁目6
出版センター（編集）電話 011-210-5742
（営業）電話 011-210-5744

印　刷　札幌大同印刷
製　本　石田製本

乱丁・落丁本は出版センター（営業）にご連絡くださればお取り換えいたします。
ISBN978-4-89453-904-4